UM CISNE SELVAGEM
E OUTRAS HISTÓRIAS

Outras obras do autor:

A Rainha da Neve

Michael Cunningham

UM CISNE SELVAGEM
E OUTRAS HISTÓRIAS

Tradução
Roberto Mugiatti

Ilustração
Yuko Shimizu

1ª edição

BERTRAND BRASIL

Rio de Janeiro | 2022

Copyright de texto © Mare Vaporum Corp, 2015
Copyright de ilustrações © Yuko Shimizu
Texto publicado mediante o acordo com o autor.
Título original: A wild swan and other tales.

Texto revisado segundo o novo Acordo Ortográfico da Língua Portuguesa.

CIP-BRASIL. CATALOGAÇÃO NA PUBLICAÇÃO
SINDICATO NACIONAL DOS EDITORES DE LIVROS, RJ

C981c   Cunningham, Michael, 1952-
            Um cisne selvagem e outras histórias / Michael Cunningham ; ilustração Yuko Shimizu ; tradução Roberto Muggiati. - 1. ed. - Rio de Janeiro : Bertrand Brasil, 2022.

            Tradução de: A wild swan and other tales.
            ISBN 978-65-5838-115-0

            1. Contos americanos. I. Shimizu, Yuko. II. Muggiati, Roberto. III. Título.

22-77689   CDD: 813
                                      CDU: 82-34(73)

Gabriela Faray Ferreira Lopes - Bibliotecária - CRB-7/6643

Todos os direitos reservados.
Não é permitida a reprodução total ou parcial desta obra, por quaisquer meios, sem a prévia autorização por escrito da Editora.

Direitos exclusivos de publicação em língua
portuguesa somente para o Brasil adquiridos pela:
EDITORA BERTRAND BRASIL LTDA.
Rua Argentina, 171 — 3º andar — São Cristóvão
20921-380 — Rio de Janeiro — RJ
Tel.: (21) 2585-2000,
que se reserva a propriedade literária desta tradução.

Seja um leitor preferencial. Cadastre-se no site
www.record.com.br e receba informações sobre
nossos lançamentos e nossas promoções.

Atendimento e venda direta ao leitor:
sac@record.com.br

SUMÁRIO

DES. ENCANTAR	9
UM CISNE SELVAGEM	11
VELHA DOIDA	19
JOÃO E O PÉ DE FEIJÃO	27
ENVENENADA	39
A PATA DO MACACO	45
HOMENZINHO	55
LEAL; CHUMBO	75
FERAS	91
SEUS CABELOS	105
PARA/SEMPRE	111

UM CISNE SELVAGEM

E OUTRAS HISTÓRIAS

DES. ENCANTAR

A maioria de nós está a salvo. Se você não é um sonho delirante dos deuses, se a sua beleza não incomoda as constelações, ninguém lançará um feitiço em você. Ninguém vai querer transformá-lo numa fera, nem colocá-lo para dormir por cem anos. A aparição disfarçada de fada não tem a intenção de lhe conceder três desejos — cada um deles com uma sentença escondida, igual a uma lâmina dentro de um bolo.

As donzelas medíocres — aquelas que são vistas melhor à luz de velas, de espartilho e *rouge* — não têm com o que se preocupar. Os herdeiros rechonchudos e bexiguentos, que atormentam seus subalternos e precisam vencer em todas as ocasiões, são imunes a maldições e feitiços. Virgens de segunda categoria não incitam as forças da destruição; pretendentes inocentes não enfurecem demônios nem duendes.

A maioria de nós não precisa de ajuda para produzir nossas próprias desgraças. Entidades vingativas buscam devastar apenas aqueles que, de algum modo, foram agraciados não só com louros e glórias, mas com uma beleza que assombra os pássaros de seus galhos, aliada a uma graça, uma generosidade e um encanto tão naturais que parecem qualidades humanas corriqueiras.

Quem não gostaria de acabar com a vida dessas pessoas? Em nossos pensamentos menos apresentáveis, qual de nós não se simpatiza com os demônios e magos compelidos a perseguir essas mutações humanas claramente criadas por divindades que pensavam apenas no próprio entretenimento, para fazer com que quase todos os outros se sintam ainda mais solitários e ordinários, mais desajeitados, inseguros e culpados do que normalmente já somos?

Caso determinadas manifestações de perfeição possam ser desgraçadas, desfiguradas ou forçadas a caminhar pela terra com sapatos de ferro, o restante de nós se encontrará vivendo num mundo menos árduo; num mundo de expectativas mais razoáveis; num mundo em que as palavras "beleza" e "poder" podem ser aplicadas a um grupo mais amplo de mulheres e homens. Um mundo onde um elogio não será acompanhado por uma disposição implícita de deixar passar algumas qualidades menos dignas do nome. Um mundo com um pouquinho mais de julgamento.

Pergunte a si mesmo: se pudesse lançar um feitiço no atleta absurdamente belo e na modelo de lingerie que ele ama, ou no casal de astros de cinema cujo DNA combinado é capaz de produzir crianças de uma nova e evoluída espécie... você não o faria? As auras de felicidade e bonança que ostentam e suas infinitas promessas não o irritam, nem um pouquinho? Vez ou outra, não o deixam com raiva?

Se não o deixam, sorte a sua.

Caso contrário, existem encantos e velhas canções, palavras a serem ditas à meia-noite durante certas fases da lua, junto a lagos sem fundo, escondidos em meio aos bosques, em câmaras subterrâneas secretas ou em qualquer ponto onde três estradas se cruzam.

Essas maldições são surpreendentemente fáceis de aprender.

UM CISNE SELVAGEM

Na cidade vive um príncipe cujo braço esquerdo é como o de qualquer outro homem, mas cujo braço direito é uma asa de cisne.

Ele e seus onze irmãos foram transformados em cisnes por sua madrasta injuriosa, que não tinha intenção alguma de criar os doze filhos da ex-mulher de seu marido (uma mulher cujo rosto pálido e atormentado fitava com um olhar vítreo de retrato em retrato; cujas gestações infindáveis a despacharam antes de seu quadragésimo aniversário). Doze garotos briguentos e fanfarrões; doze egos frágeis e gananciosos; doze adolescentes apresentados à nova rainha como parte rotineira de seu trabalho. Será que podemos culpá-la? Podemos, de verdade?

Ela transformou os garotos em cisnes e ordenou que voassem para longe.

Problema resolvido.

Poupou a décima terceira criança, a mais jovem, pois se tratava de uma menina — mas as fantasias da madrasta envolvendo confidências compartilhadas e dias inteiros de compras rapidamente se evaporaram. Por que, afinal, uma menina demonstraria outra atitude que não emburrada e petulante diante da mulher que transformou seus irmãos em aves? — Assim, após certa leniência paciente diante de silêncios carrancudos, após uma série de vestidos de baile comprados (mas nunca usados), a rainha desistiu. A princesa vivia num castelo como uma parente pobre: alimentada, hospedada e tolerada, mas não amada.

Os doze príncipes-cisnes viviam num recife distante no mar, e só lhes era permitido um retorno anual ao reino, de um dia; uma visita esperada com ansiedade e ao mesmo tempo constrangedora para o rei e sua consorte. Era difícil regozijar-se num dia passado na companhia de doze filhos outrora robustos e valentes, que só podiam, durante aquele interlúdio anual, grasnar e alisar as penas e bicar os ácaros enquanto voavam pelo pátio do castelo. O rei fazia o seu melhor para fingir que ficava feliz em vê-los. A rainha sempre era acometida por enxaquecas.

Os anos se passaram. E então... Finalmente...

Numa das licenças anuais dos príncipes-cisnes, a irmãzinha deles quebrou o feitiço, depois de aprender o truque com uma mendiga que havia conhecido enquanto colhia frutinhas na floresta. A única cura conhecida para a maldição da transformação em cisne eram casacos feitos de urtiga.

Entretanto, a garota foi obrigada a tricotar os casacos em segredo, pois eles precisavam (ou assim lhe dissera a mendiga) não só serem feitos de urtiga, mas de urtigas colhidas em cemitérios depois do entardecer. Se a princesa fosse pega colhendo urtiga entre as lápides depois da meia-noite, sua madrasta certamente a teria acusado de bruxaria e feito com que a queimassem junto ao restante do lixo. A garota, que não era boba, sabia que não podia contar com o pai, que àquela altura nutria um desejo secreto (que não admitia nem para si mesmo) de se ver livre de todos os filhos.

A princesa fazia incursões noturnas aos cemitérios locais para colher folhas de urtiga e passava seus dias tecendo e as transformando em casacos. Foi, no fim, uma bênção que ninguém no castelo lhe prestasse muita atenção.

Estava prestes a terminar os doze casacos quando o arcebispo local (a quem nunca foi perguntado o que fazia num cemitério tão tarde da noite) a flagrou e a denunciou. A rainha sentiu que suas suspeitas eram fundamentadas (já que esta era a garota que não compartilhava nem um segredo virginal e que demonstrava total indiferença por sapatos lindos o bastante para serem exibidos em museus) e pediu sua cabeça ao rei. Para surpresa de poucos, o rei aceitou o pedido na esperança de ser visto como alguém forte e frio, um verdadeiro rei, um rei tão dedicado a proteger seu povo das forças das trevas que concordaria com a execução da própria filha, fosse o caso de isso deixar seus súditos a salvo, livres de feitiços e sem medo de transformações demoníacas.

No entanto, bem no momento em que a princesa estava para ser amarrada à estaca, os irmãos-cisnes desceram do céu esfumaçado e a irmã jogou os casacos sobre eles. De repente, diante de um barulho forte de estalo, em meio à agitação de um vento vigoroso, doze rapazes másculos, nus sob os casacos de urtiga, estavam no pátio, com somente algumas penas dispersas flutuando ao seu redor.

Na verdade...

...havia onze príncipes humanos e um, o décimo segundo, restaurado a não ser por um único detalhe: o braço direito continuava uma asa de cisne, pois a irmã, sem conseguir concluir o trabalho, teve que deixar um dos casacos sem uma das mangas.

Aquele parecia um preço razoavelmente pequeno a se pagar.

Onze dos rapazes logo se casaram, tiveram filhos, arranjaram empregos e passaram a dar festas que encantavam a todos, até mesmo os ratos nas paredes. A madrasta contrariada, numa inferioridade numérica e tão sem jeito para a maternidade, retirou-se para um convento, o que inspirou o rei a contar sua "versão da história", em que era leal a seus filhos transfigurados e indefesos antes da chegada da bruxa de sua mulher, versão esta que os meninos estavam mais que dispostos a acreditar.

Fim da história. "Felizes para sempre" atingiu a todos feito uma lâmina de guilhotina.

Bem... quase todos.

Foi difícil para o décimo segundo irmão, aquele com a asa de cisne.

Seu pai, seus tios e suas tias, os vários lordes e damas, não ficavam contentes com aquela recordação do encontro que tiveram com elementos tão sinistros, ou da pronta disposição que mostraram em executar a princesa enquanto esta tentava salvar os irmãos.

A corte do rei fazia piadas sobre o príncipe com asa de cisne, as quais seus onze irmãos adotaram de imediato, insistindo que era apenas uma brincadeira. Os jovens sobrinhos e sobrinhas, filhos dos onze irmãos, escondiam-se quando o décimo segundo irmão entrava no ambiente, e davam risadinhas de trás das espreguiçadeiras e peças de tapeçaria. As esposas dos irmãos pediam repetidas vezes para que ele ficasse calmo durante o jantar (tinha o hábito de gesticular com a asa quando contava uma piada e, certa vez, jogou uma coxa inteira de veado contra a parede oposta). Os gatos do palácio tendiam a rosnar e escapulir sempre que ele se aproximava.

Até que um dia ele colocou algumas poucas coisas na mala e saiu pelo mundo. No entanto, o mundo não se mostrou mais acolhedor com ele do que havia sido o palácio. Só conseguia os trabalhos mais indignos. Não tinha qualquer habilidade impactante para algum trabalho (como acontecia com os príncipes) e apenas uma das mãos era funcional. Vez ou outra, alguma mulher demonstrava interesse. Mas, no fim, elas descobriam-se atraídas por alguma fantasia de Leda, ou, o que era pior, esperavam que seu amor pudesse trazer o braço dele de volta. Nada durava. A asa era incômoda no metrô, impraticável em táxis. Tinha que ser constantemente esquadrinhada em busca de piolhos. E, a não ser que fosse lavada todos os dias, pena por pena, passava da coloração branca cremosa de uma tulipa francesa para um cinza fibroso e desalentador.

Ele vivia com sua asa como qualquer outro homem poderia viver com um cachorro adotado do canil: dócil, mas neurótico e não adestrado. Adorava sua asa e não podia fazer nada a respeito disso. Achava-a também exasperadora, adorável, irritante, cansativa e desconcertante. Ela o envergonhava, não só porque não conseguia mantê-la mais limpa, ou porque passar por portas e catracas nunca deixava de ser constrangedor, mas porque teimava em insistir que ela era uma vantagem. O que não era assim algo tão difícil de imaginar. Ele já podia se ver se vendendo como uma mutação atraente, um jovem deus, orgulhoso ao ponto de uma arrogância sexy de seu desvio anatômico: noventa por cento um próspero homem de carne, osso e músculos e dez por cento uma gloriosa e ofuscante asa branca de anjo.

Gatinha, essas penas vão fazer tantas cócegas em você que vão te levar para o céu, e essa parte de homem aqui, vai levar você pelo resto do caminho.

Onde estava aquela versão dele?, perguntou a si mesmo. Que escassez de coragem o tornava cada vez mais pançudo e largado à medida que os anos passavam, uma desculpa ambulante? Por que estava além de suas capacidades recuperar a forma, revoltar-se, baladar despreocupado pelos clubes noturnos num terno preto de couro de lagarto com uma manga cortada?

É isso mesmo, querida. É uma asa. Sou parte anjo, mas acredite em mim: a outra parte é puro diabo.

Parecia não conseguir lidar com aquilo. Era como tentar correr um quilômetro e meio em três minutos ou se tornar um virtuoso no violino.

Ele ainda está por aí. Paga o aluguel, de um jeito ou de outro. Aceita o amor onde consegue encontrá-lo. No fim da meia-idade, tornou-se irônico e jovial, com a atitude durona de quem já viu de tudo. Foi possuído por uma perspicácia de quem se cansou do mundo. Percebeu que podia tanto afundar na amargura quanto se tornar um idiota sagrado que ganhou sensatez. É melhor, é menos vergonhoso, ser o cara que sabe que é o alvo de piadas e o primeiro a rir quando escuta a caçoada.

A maioria de seus irmãos no palácio está na segunda ou terceira esposa. Os filhos, mimados e bem-cuidados por toda uma vida, podem ser difíceis. Os príncipes passam seus dias arremessando bolas de ouro em taças de prata, ou espetando mariposas com suas espadas. À noite, assistem à apresentação de bufões, malabaristas e acrobatas.

Na maioria das noites, o décimo segundo irmão pode ser encontrado num dos bares dos subúrbios da cidade, aqueles que atendem pessoas que foram apenas parcialmente curadas de suas maldições, ou então que não foram curadas nem um pouco. A mulher de trezentos anos que não foi muito específica quando falou com o peixe mágico e se viu gritando para um mar que se esvaziou subitamente: "*Não, calma! Eu quis dizer viva e jovem para sempre!*" Está também o sapo que usa coroa e parece não conseguir nenhuma mulher disposta a beijá-lo, o feitiço. Tem o príncipe que passou anos tentando localizar a princesa comatosa a quem deveria ressuscitar com um beijo — e nos últimos tempos tem se dedicado menos a procurar por montanhas e vales e se mostra mais inclinado a andar de bar em bar, rendendo-se às histórias sobre a garota que lhe escapou.

Em bares como esses, um homem com uma única asa de cisne é considerado um sujeito de sorte.

Sua vida, ele diz a si mesmo, não é a pior de todas as vidas possíveis. Talvez isso baste. Talvez esta seja a esperança à qual deva se agarrar — a de que simplesmente não tem como piorar.

Em certas noites, depois de voltar cambaleando para casa de pileque (são muitas as noites assim), conseguir subir os cinco andares até seu apartamento, ligar a TV e apagar no sofá, ele acorda, horas depois, quando a primeira luz acinzenta as ripas da persiana, a ressaca como única companhia, e descobre que aninhou a asa sobre o peito e a barriga; ou então (sabe que é impossível, ainda assim...) que a asa se aninhou, por vontade própria, sobre ele, tanto uma coberta quanto uma companhia, sua dedicada estrangeira residente, tão suplicante, ardente e inconveniente quanto seria aquele vira-lata do canil. Seu pavoroso demônio. Seu fardo, seu camarada.

VELHA DOIDA

É a solidão que acaba com você. Talvez porque você esperava que a desgraça chegasse sob uma forma mais pomposa e romântica.

Como dizia sua mãe, você andava com uma "turma da pesada". Logo abandonou sua sainha de colegial, chegou à maioridade contando mentiras, e passando tempo em tavernas a três cidades de distância, incentivou os homens a colocarem primeiro os dedos, depois outras partes do corpo em qualquer interlúdio de carne que lhes pudesse oferecer na escuridão dos becos, nas pequenas áreas de grama negligenciada que se faziam de parques.

Encarou três casamentos, e brincava com as amigas dizendo que a cada término achava ter chegado ao fundo do poço, para então descobrir que o elevador do amor chegava a andares ainda mais baixos. Decidiu não chegar ao marido número quatro, pois, àquela altura, até mesmo você podia ver o embrião da derrota nos planos que ele tinha para o futuro. Podia ouvir as acusações balbuciadas e marinadas a gim que estavam por vir.

Depois de despachar o quarto candidato, você embarcou numa carreira de piranhagem um tanto jovial. Estava na casa dos quarenta. A essa altura, todas suas amigas estavam casadas com homens toleráveis e gradualmente, com o passar do tempo, foram inventando mais e mais desculpas para não sair com você e tomar uns drinques (*Desculpa, mas as crianças acabam comigo*; *Eu adoraria, mas você sabe como o meu marido fica quando volto para casa de pileque*).

Você via aquilo, enquanto estava na casa dos quarenta e, depois dos cinquenta, como uma vitória pessoal. Não estava varrendo assoalhos de chão rachados enquanto seu marido, sentado, lamentava-se pelo destino sombrio que você ajudara a criar para ele, pelo trabalho que quase não pagava o aquecimento e a luz; você não estava apertando uma quinta criança contra seios cada vez menos inclinados a produzir algo além de um dedal de leite. Sua solução para o corpo flácido era se espremer em vestidos cada vez mais apertados até que, com os sessenta se aproximando, parecia que eram os próprios vestidos que a mantinham ereta nos bancos dos bares; que, caso fossem retirados, você se esparramaria no chão e ficaria ali deitada, desamparada, uma poça rosa-esbranquiçada de carne usada até o extremo.

Você deixou que aquele dente perdido continuasse sendo um espaço preto em seu sorriso de quem sabe das coisas. Pintou o cabelo: laranja--circo, seguido por um castanho-avermelhado intenso o bastante para que flertasse com o roxo, seguido por um louro branco e sensual.

Você não tinha ilusões. Acreditava que não tinha ilusões. Pensava na música "House of the Rising Sun" — um final consciente e provocativo, com seus *strass* difusos ainda costurados aqui e ali. Você imaginava, a longo prazo, uma lascívia caseira, perversamente gloriosa; uma reputação de insanidade entre os zelotes que idolatravam virtudes banais como se fossem a encarnação da glória. Esperava que os jovens locais viessem lhe visitar (sim, você pensava nos filhos de suas velhas amigas) na calada da noite, em busca de ensinamentos que você lhes daria (*Coloque a ponta do dedo aí, aí mesmo, belisque de leve, bem de levinho, prometo que ela vai adorar*); rapazes que ficariam gratos pelas noites de transporte extático que infligiria a eles, e, o que era ainda mais tocante, pelas manhãs em que acordariam com os rostos enterrados em seus seios, desconcertados e envergonhados, loucos para irem embora, vontade esta que você incentivaria — afinal, você não cultivava qualquer sinal de desespero, nunca implorava para que ficassem. Durante os breves interlúdios, antes que levantassem para procurar as meias e cuecas, você os garantiria que tinham sido incríveis, guerreiros; diamantes em lapidação para alguma garota que seria eternamente agradecida pelo que você lhes ensinou numa única noite.

Os rapazes sorriam com uma mescla de nervosismo e autoadmiração enquanto se enfiavam em suas roupas. Eles saberiam a verdade quando a escutassem. Compreenderiam: você estava semeando sua cidade com maridos treinados. Era uma deusa da sabedoria carnal (uma deusa inferior, mas ainda assim…). Queria se certificar de que a juventude da região soubesse não apenas onde ficava o clitóris, mas também o que fazer com ele. Estava cultivando, *in absentia*, um grupo de meninas (será que algumas delas ficariam sabendo, será que lhe fariam uma visita ocasional?) cujas noites na cama com seus maridos dariam a impressão de uma recompensa justa por seus dias a lavar e passar.

Esse futuro, essa velhice em particular, no entanto, recusou-se a acontecer.

Muito provavelmente tinha a ver com o acidente (a explosão no cano de escape do carro, o cavalo), que a deixou com a perna coxa. Tinha a ver com o minúsculo apartamento no andar de cima da lavanderia (quem iria imaginar que os aluguéis subissem do jeito que subiram?), onde o cheiro de veneno de rato e produtos químicos para lavagem a seco só parecia piorar junto à fragrância que você borrifava por todos os lados. Que rapaz gostaria de ir até ali?

Também tinha a ver com a surpreendente timidez da juventude. Os principelhos destemidos dos quais você se lembrava de seus dias de mocidade estavam em extinção — pelo menos era o que parecia. Os rapazes (velhos agora, os que ainda estavam vivos), que se inebriavam de confiança, tocantes em suas tentativas canhestras de se vangloriar, foram substituídos por uma geração de homens-meninos alarmantemente bem-educados, que se contentavam em descobrir as mulheres pelas mãos de garotas que sabiam quase tão pouco sobre seus próprios corpos quanto os rapazes que desajeitadamente as apalpavam.

Por fim, quando chegou o momento em que começou a considerar os setenta ainda uma idade jovem, você decidiu comprar uma propriedadezinha. Ficava a uma distância considerável da cidade — quem, naqueles dias, tinha dinheiro para viver até mesmo nos subúrbios? No instante em que fechou o negócio, você ficou parada (apoiada na bengala, que ainda ficava chocada que precisasse usar) em seu modesto terreno sem grama, cercado pela floresta, e decidiu que sua casa seria feita de doces.

Você fez suas pesquisas. Era, de fato, possível construir tijolos — com açúcar, glicerina, amido de milho e algumas toxinas não mencionáveis — que resistiriam à chuva. O biscoito de gengibre, se fortificado com a quantidade certa de pó de cimento, serviria como telhado.

O restante, claro, exigiria manutenção contínua. As janelas de algodão-doce durariam um inverno apenas, se muito; as vergas e os parapeitos decorados precisariam ser refeitos a cada primavera, mesmo que o glacê fosse reforçado com cola. As telhas feitas de pirulitos e as ripas especialmente encomendadas de pirulitos cajados que serviam como balaústres e cercas se mantinham em pé, mas derreteriam no verão e precisariam ser substituídas. O que poderia ser mais deprimente que doce com cara de velho?

No entanto, a casa era charmosa à sua maneira insana e um tanto imprudente, ainda mais por exibir suas cores vívidas e emanar seus odores de açúcar e gengibre numa clareira distante até da mais rudimentar das estradas.

E então você aguardou.

Você, provavelmente foi a erro de cálculo, esperava um espírito mais exploratório entre os jovens locais, apesar de se dedicarem a um comportamento decente. Onde estava a turma dócil que gostava de piqueniques? Por onde andavam as gangues à procura de um esconderijo onde pudessem (com sua aprovação) embeber o uísque de que precisavam para se imaginarem por completo? Onde estavam os jovens amantes em busca de lugares silvestres secretos que pudessem reivindicar como seus?

O tempo não passava rapidamente. Você não tinha muito o que fazer. Pegava-se trocando o glacê e os pirulitos com mais frequência que o necessário, simplesmente porque precisava de projetos, e porque (era um tanto louco, mas você não se arrependia da loucura) se perguntava se uma versão aumentada — um aroma de biscoito mais acentuado, algum outro fabricante que produzisse doces com listras e espirais mais brilhantes — faria alguma diferença.

Quando chegou aos oitenta, seus primeiros e únicos visitantes não foram bem o que esperava. Pareciam promissores quando apareceram, piscando os olhos de surpresa por entre os troncos das árvores até chegar à pequena clareira onde ficava sua casa.

Eram sexy, tanto a garota quanto o garoto, com seus rostos famélicos e vulpinos — aquele estado de alerta ávido que às vezes vemos nos jovens que a vida castigou um pouco. Tinham piercings e tatuagens. Além disso, o que os tornava ainda mais gratificantes, eram vorazes. O garoto não pareceu se importar com o fato de que os punhados de glacê que enfiava na boca fossem cheios de cola. A garota chupava sedutoramente (com a lascívia caricatural das garotas que aprenderam assistindo a vídeos pornôs, e não por experiência) um pirulito escarlate.

— E aí, vovó, qual é? — perguntou o garoto, entre uma mordida de glacê e de cola.

A garota apenas sorriu para ele, com a língua colada ao pirulito, como se ele fosse inteligente e muito perigoso; como se fosse um rebelde e um herói.

E o quê, exatamente, você esperava que aqueles jovens psicopatas, aquelas crianças sofridas, fizessem depois de comerem metade da sua casa, sem o menor sinal de surpresa ou até mesmo de simples educação? Você ficou chocada por terem esquadrinhado o lugar, devorando o que viam de cômodo em cômodo, parando aqui e ali para zombar das joias que encontravam (ela, com as suas pérolas no pescoço: — *Nossa mãe tem pérolas iguais a essas, como eu fico com elas?*) ou do vaso que tinha desde a morte de sua avó, no qual o garoto deu uma longa e ruidosa mijada. Achou que não iriam reclamar que por ali só tinham doces para comer, quando precisavam também de um pouco de proteína?

Você ficou aliviada, talvez só um pouquinho, quando a levantaram (você não pesava quase nada àquela altura) e a empurraram para dentro do forno? Pareceu inesperado, mas também certo de algum modo — você não gostou, como um destino finalmente alcançado — quando eles bateram a porta e te deixaram lá?

JOÃO E O PÉ DE FEIJÃO

Não estamos falando de um rapaz inteligente. Não estamos falando de um rapaz em quem podemos confiar para levar a mãe à sessão de quimioterapia ou para fechar as janelas quando chove.

Não é nem necessário pedir para ele vender a vaca, quando ele e a mãe estão sem dinheiro e o animal é o último bem que possuem.

Estamos falando de um rapaz que não chega à metade do caminho para a cidade, levando a única coisa que sobrara à mãe, sem vender a vaca a um estranho por um punhado de feijões. O sujeito alega que aqueles são feijões mágicos e isso, aparentemente, basta para João. Ele nem mesmo pergunta que tipo de mágica fazem os feijões. Talvez se transformem em sete belas esposas para ele. Talvez se transformem nos sete pecados capitais e voem ao seu redor feito moscas pelo restante de sua vida.

João não é desconfiado. João não é de fazer perguntas. João é o tipo de rapaz que diz: *Uau, cara, feijões mágicos de verdade?*

Há muitos meninos como João. Jovens que preferem as loucas promessas, os tiros no escuro, que insistem em dizer que são vencedores por natureza. Têm uma grande ideia para um roteiro de cinema — eles só precisam, sabe, que alguém o escreva para eles. Tocam como DJs em festas de amigos, acreditando que algum dono de boate aparecerá cedo ou tarde e os contratará para que se apresentem diante de multidões.

Largam a escola técnica porque conseguem ver, após um semestre ou dois, que dali para o reino dos perdedores é um pulo. É melhor viver na casa da mãe, temporariamente desempregados, aguardando a chegada da fama e da prosperidade.

Será que a mãe de João fica chateada quando ele volta a passos largos para casa, estende a mão e lhe mostra o que conseguiu pela vaca? Sim, ela fica.

O que foi que eu fiz? De que maneira, exatamente, depois de todos os sacrifícios que fiz, de todos os jantares que preparei e mal comi minha parte, acabei criando alguém tão arrogante e indigno de confiança? Será que poderia explicar isso para mim, por favor?

Será que João fica decepcionado com a pobreza de imaginação da mãe, a falta de coragem dela diante das apostas da vida, a convicção contínua na cautela barata em relação ao orçamento, que a levou a exatamente lugar nenhum? Sim, ele fica.

Mãe, tipo assim, olha só para essa casa! Não acha que economizar é um pouco como morrer? Pensa: desde que o pai morreu, por que ninguém mais apareceu por aqui? Nem mesmo Hank Faminto. Nem mesmo Willie Bobão.

João não quer, nem precisa, ouvir a resposta da mãe, embora esta venha à mente dela.

Eu tenho meu menino lindo, vejo seus ombros fortes e jovens curvados sobre o lavatório toda manhã. O que vou querer com os dentes amarelados de Hank Faminto ou com o corpo torto de Willie Bobão?

Todavia, seu filho vendeu a vaca por um punhado de feijões. A mãe de João joga os grãos pela janela e o manda para a cama sem jantar.

Contos de fada normalmente têm uma moral. Na versão mais crua deste aqui, mãe e filho morrem de fome.

A lição seria: mães, tentem ser mais realistas em relação a seus filhos imbecis, não importa o quanto seus sorrisinhos malandros sejam charmosos, não importa o quanto seja de doer o coração aquela mecha desarrumada de cabelo dourado-escuro. Se os romantizarem, se insistirem em virtudes que claramente não têm, se persistirem em seu desejo cego de ter criado um filho sensato, um filho que lhes ajudará na velhice... não fiquem surpresas caso se vejam caindo no chão do banheiro e passando a noite inteira por lá, pois seus filhos saíram para beber com os amigos até o nascer do sol.

Esta, porém, não é a história de "João e o pé de feijão".

A conclusão desta fábula em particular é: confie em estranhos. Acredite em mágica.

Em "João e o pé de feijão", o estranho não mentiu. Na manhã seguinte, a janela do quarto de João está coberta por trepadeiras. Ele olha para as folhas do tamanho de frigideiras e para um talo grosso feito um tronco de carvalho. Quando espicha o pescoço, vê que o pé de feijão é tão alto que desaparece nas nuvens.

Certo. Invista em propriedades no deserto, onde uma rodovia interestadual certamente será construída em pouco tempo. Não perca tempo em se juntar ao novo e revolucionário sistema de rejuvenescimento de seu tio. Use metade do dinheiro do mercado para comprar bilhetes da loteria toda semana.

João, sendo João, não faz perguntas nem questiona se trepar no pé de feijão seria o melhor a se fazer.

No topo do pé de feijão, no lado superior do monte de nuvens, ele se vê parado diante do castelo de um gigante, construído numa subida particularmente macia da nuvem. O castelo é vertiginosamente branco, propenso a uma insinuação de trepidações, construído com nuvens concentradas; como se uma tempestade braba pudesse reduzi-lo a uma enorme poça perolada.

Do jeito que é, João parte direto rumo à porta de titânio cor de neve. Quem, afinal, não ficaria feliz em vê-lo?

Antes que pudesse bater, porém, ele ouve seu nome sendo chamado por uma voz tão tênue que poderia muito bem ter sido apenas uma lufada de vento que aprendera a dizer *Joãããããão*.

O vento toma a forma de uma garota-nuvem; uma donzela da névoa.

Ela lhe diz que o gigante que mora no castelo matou o pai de João, anos atrás. O gigante teria matado também o pequeno João, mas sua mãe insistiu com tanta veemência, abraçando o bebê forte no peito, que o gigante poupou o menino, sob a condição que ela nunca revelasse a causa da morte de seu pai.

Talvez seja por isso que a mãe de João sempre o tratou como se fosse a reencarnação da generosidade e da esperança.

A garota-nuvem diz a João que tudo o que pertence ao gigante na verdade é seu por direito. E então ela desaparece, rápido como a fumaça de um cigarro exalada.

João, no entanto, sendo João, já chegara à conclusão de que tudo que pertencia ao gigante — tudo que pertencia a todo mundo — era seu por direito. E ele nunca acreditara de fato naquela história de seu pai ter pegado disenteria numa viagem a trabalho para o Brasil.

Ele bate à porta e quem abre é a mulher do gigante. Talvez, um dia, ela tenha sido bonita, mas não lhe restou nenhum traço de beleza. Seus cabelos estão ralos, seu roupão está manchado. Está tão esgotada quanto uma versão de quinze metros da mãe de João.

João declara que está com fome, que vem de um lugar onde o mundo fracassa em prover.

A mulher do gigante, que raramente recebe visitas, fica feliz em ver um belo menino-homem em miniatura parado à sua porta. Ela o convida para entrar e lhe serve café da manhã, mas avisa que, se o marido voltar para casa, *João* será o almoço.

João fica por lá mesmo assim? Com toda certeza. E o gigante volta para casa inesperadamente? Lógico.

Seus estrondos ecoam pelos vastos corredores:

> *Flim flai flum*
> *Sinto cheiro de criança*
> *(Ah! Não grita, senão a gente dança)*
> *Sinto cheiro de criança*

Em meio a tantas opções, a mulher do gigante esconde João bem na panela em que o marido o cozinharia. Quase não tem tempo de tampá-la quando o gigante chega se arrastando.

O gigante é robusto e corpulento, enorme, estridente, perigoso como um vândalo de bar, como qualquer figura que é, em teoria, cômica (veste um justilho e calças apertadas), mas na verdade é ameaçador, simplesmente porque é burro e beberrão o bastante para causar sérios danos; simplesmente porque não dá ouvidos à razão, porque matar um homem com um taco de sinuca lhe parece uma reação justificável para algum comentário vagamente ofensivo.

A giganta garante ao marido que aquele é somente o cheiro do boi que preparou para seu almoço.

É mesmo?

Aqui entramos, brevemente, numa farsa. Não temos mais para onde ir.

Gigante: *Eu sei qual é o cheiro de boi. Conheço o cheiro do sangue de criança.*

Giganta: *Bem, este é um novo tipo de boi. Temperado.*

Gigante: *O quê?*

Giganta: *É uma novidade. Tem também o boi temperado com lágrimas de princesa. E o boi temperado com inveja de rainha má.*

Ela lhe serve o boi. Um boi inteiro.

Gigante: *Humm. Parece um boi normal para mim.*

Giganta: *Talvez eu não compre mais esse tipo.*

Gigante: *Não tem nada de errado com boi normal.*

Giganta: *Mas um pouquinho de mudança, de vez em quando...*

Gigante: *É muito fácil te passar a perna.*

Giganta: *Eu sei. Ninguém sabe disso mais do que eu.*

Depois que o gigante comeu o boi, ordenou à mulher que lhe trouxesse suas sacolas de ouro para que pudesse fazer a contabilidade do dia. Trata-se de um ritual, um lembrete reconfortante de que é tão rico hoje quanto era no dia anterior e no dia antes desse.

Assim que fica feliz em saber que ainda tem todo o ouro que sempre teve, o gigante coloca sua cabeça colossal sobre a mesa e tira uma soneca profunda, com direito a ronco, a do tipo que todo mundo gostaria de tirar depois de comer um boi.

Essa é a deixa para João sair da panela, pegar as sacolas de ouro e dar no pé.

E seria a deixa da giganta para ressuscitar seu casamento. Seria o momento certo para gritar "Ladrão" e jurar nunca antes ter visto João.

À noite, o marido e ela poderiam se sentar à mesa e rir, cada um segurando um testículo de João num palito de dente antes de colocá-lo na boca. Isso já é o bastante, poderiam declarar um para o outro. Já é o bastante serem ricos e viverem juntos numa nuvem; envelhecerem na companhia um do outro, sem querer nada além do que já têm.

Mas a mulher do gigante parecia concordar que roubar seu marido era uma boa ideia.

Todos nós conhecemos casais assim. Casais que prolongam a batalha por décadas; que parecem acreditar que, caso um dia provem que o outro está errado — completamente errado, inequivocamente errado — daí serão exonerados e libertados. Reunir indícios e trabalhar em cima das provas pode consumir uma vida inteira.

João e sua mãe, agora ricos (a mãe de João investiu o ouro em ações e propriedades), não se mudam para um bairro melhor. Não podem abandonar o pé de feijão. Por isso fizeram uma reforma. Sete lareiras, tetos de catedrais, piscinas cobertas e também ao ar livre.

Continuam morando juntos, mãe e filho. João não namora. Sabe-se lá como é o fluxo de garotas e garotos que à noite entram de fininho pelas portas de correr de vidro, depois que a mãe desce ao fundo do próprio lago privado, com a ajuda de Absolut e Rivotril.

João e a mãe estão indo bem. Especialmente se levarmos em conta que há pouco tempo tiveram que vender sua última vaca.

Mas, como bem sabemos, nunca é o bastante. Não importa o quanto seja.

João e sua mãe ainda não têm um cartão American Express Black. Não têm um jatinho particular. Não possuem uma ilha.

Assim, João sobe no pé de feijão de novo. Bate uma segunda vez à altíssima porta-nuvem.

A giganta atende outra vez. Ela parece não reconhecer João, já que ele não veste mais as roupas desleixadas e baratas de couro de lagarto — as calças apertadas e a camisa sintética que roubou no shopping. Agora está todo de Marc Jacobs. Cortou o cabelo num barbeiro ridiculamente caro.

Ainda assim, será que a giganta acredita que um rapaz diferente, mais bem-vestido, apareceu em sua porta, um rapaz com o mesmo sorriso malandro e os mesmos cabelos dourados-escuros, por mais que o corte tenha melhorado?

Existe, afinal, aquela famosa inclinação que nos faz continuar a sabotar nossos casamentos, sem jamais deixá-los. E tem também isto aqui. O charme do jovem ladrão que rouba você e depois desce pela sua nuvem. É possível amar um rapaz assim, de uma maneira desejosa e desesperançada. É possível amar sua ganância e seu narcisismo, oferecer a ele o que está além das próprias capacidades: despreocupação, petulância e uma autodevoção tão pura que beira o divino.

A cena se repete. Desta vez, quando o antecipado e inesperado valentão panaca de quinze metros começa com seus *Flim, flai, flum*, atravessando o corredor, a giganta esconde João no forno.

Não precisamos de altos níveis de compreensão para entender uma coisa ou outra sobre o costume que ela tem de flertar com a possibilidade de comer João.

A segunda conversa entre gigante e giganta — aquela em que ele sente o cheiro do sangue de uma criança e ela garante que é só o boi que preparou para o almoço — é absurda demais até para uma farsa.

Vamos imaginar então um conluio inconsciente entre marido e mulher. Ele sabe que há algo de estranho no ar. Sabe que ela está escondendo alguma coisa... ou alguém. Vamos imaginar que prefira uma mulher que seja capaz de enganar. Uma mulher que consiga se envolver com algo mais interessante que a labuta e a irritante e sonolenta fidelidade.

Desta vez, depois de acabar com o boi, o gigante exige que ela traga a galinha que põe ovos de ouro. E, em poucos instantes, ali está ela: uma frangota premiada, tão suntuosa e cheia de si quanto é possível para uma galinha. Ela para na frente do gigante, com suas patas azuladas e de garras afiadas, firmemente plantadas sobre a mesa, e com um cacarejo baixo de triunfo, coloca outro ovo de ouro.

O gigante pega e examina o ovo. É o ovo diário. Eles nunca variam. O gigante, todavia, mantém seu apego em revisitar a própria riqueza, assim como o faz em relação à sua soneca pós-prandial, com o rosto sobre a mesa, arquejando lufadas de hálito de boi e emitindo um lago de baba.

De novo, João emerge (desta vez do forno) e escapa com a galinha. De novo, a giganta o vê roubar a alegria e a fortuna do marido. De novo, ela gosta da crueldade de João, um bandidinho de quinta que agora usa calças jeans de duzentos dólares. Ela inveja sua voracidade, sua insaciabilidade. Ela que se negligencia, que prepara as refeições, lava a louça e perambula, sem qualquer propósito específico, de cômodo em cômodo. Ela, que se vê estranhamente feliz por estar na presença de alguém avarento, impiedoso e indiferente.

E será que ficamos surpresos ao descobrir que João voltou a subir no pé de feijão mais ou menos um ano depois?

A essa altura, não há mais nada que a mãe e ele não possam comprar. Têm carro e motorista, jatinho particular, são donos daquela pequena e até então desabitada ilha nas Antilhas Menores, onde construíram uma casa com funcionários que trabalham o ano inteiro, esperando pela visita anual dos patrões.

Mas sempre queremos mais. Alguns de nós querem mais do que os outros, é verdade, mas sempre queremos mais... Mais amor, mais juventude, mais...

Em sua terceira visita, João decidiu não arriscar a sorte com a giganta. Desta vez, ele entrou de fininho pelos fundos.

Ele se depara com o gigante e a giganta da mesma maneira, embora pareça que tenham precisado fazer alguns cortes, depois de perderem seu ouro e sua galinha mágica. O castelo se dissolveu um pouco — é possível ver o céu em algumas fendas nas paredes-nuvem. O almoço diário, que consistia em um animal inteiro, passou a seguir mais a linha de antílope ou íbex, duro e amargo, não mais os bois ou touros engordados e tenros dos dias de fartura.

Ainda assim, hábitos são difíceis de mudar. O gigante devora sua criatura, cospe seus chifres e cascos e exige seu último tesouro remanescente: uma harpa mágica.

A harpa é um tipo diferente de bem. Quem saberia estimar seu valor de mercado? Não é tão simples quanto moedas ou ovos de ouros. Ela também é feita de ouro, mas não é prosaica em termos de câmbio real.

É uma harpa como qualquer outra — tem cordas, curvatura, pescoço e tarraxas —, mas possui a cabeça de uma mulher, um pouco maior que uma maçã, mais séria que bela; mais Atena que Vênus de Botticelli. E ela consegue tocar a si mesma.

O gigante ordena à harpa que toque. A harpa obedece. Ela toca uma canção desconhecida no mundo lá de baixo; uma melodia que emana das nuvens e das estrelas, uma canção de movimentos celestiais, a música das esferas, a qual compositores como Bach e Chopin chegam perto de atingir, mas que, sendo etérea, não pode ser produzida por instrumentos de metal ou madeira, não pode ser evocada por fôlego nem dedilhado humanos.

A harpa toca até que o gigante durma. A cabeça imensa desaba no topo da mesa, como em todos os dias.

O que deve ter pensado a giganta quando João apareceu sorrateiramente e agarrou a harpa? *De novo? Você só pode estar brincando. Quer mesmo levar o último de nossos tesouros?*

Ela fica chocada, aliviada ou os dois? Será que experimenta algum tipo de êxtase pela perda total? Ou será que chegou ao limite? Será que vai dar cabo à voracidade de João?

Nunca descobriremos. Pois é a harpa, e não a giganta, quem protesta. Enquanto João avança na direção da porta, a harpa grita:

— Mestre, me ajude! Estou sendo roubada.

O gigante acorda e olha ao redor, confuso. Estava sonhando. Poderia aquela ser sua vida, sua cozinha, sua mulher, esgotada e ressentida?

Quando ele se levanta e vai atrás de João, este já atravessou o campo de nuvem e chegou ao topo do pé de feijão, segurando firme a harpa, que grita por socorro.

A descida é apressada. João tem dificuldade por estar segurando o instrumento — só pode usar uma das mãos para descer —, mas o gigante encontra ainda mais problemas que João para se mover pelo talo, fino e instável para ele, como a corda na qual lhe forçavam a subir na aula de educação física quando ainda era um garoto chorão e solitário.

Ao passo que se aproxima do solo, João pede um machado para a mãe. Ele tem sorte — hoje ela está semissóbria. Ela corre para fora com um machado. João derruba o pé de feijão, enquanto o gigante ainda está tão alto quanto um gavião rondando em busca de coelhos.

O pé de feijão desaba feito uma sequoia. O gigante cai no chão com tanta força que seu corpo afunda na superfície do solo, penetrando três metros e deixando um buraco em forma de gigante no meio do milharal.

É uma espécie de bênção. Afinal, o que restara ao gigante, depois de perder seu ouro, sua galinha e sua harpa?

João fez com que aterrassem o buraco gigante, bem em cima do corpo do gigante. Num raro ato de piedade, ordenou que um bosque de moitas de lilases fosse plantado sobre o local de descanso do gigante. Se olhasse para o bosque de lilases lá do alto, você veria que tem o formato de um homem enorme, com as mãos na cintura; um homem congelado numa atitude de rendição estranhamente voluptuosa.

João e a mãe prosperam. Em seus raros momentos de autoquestionamento, João se lembra do que a garota-nuvem lhe falou anos atrás.

O gigante cometera um crime. Desde a infância, João tinha direito a tudo que pertencia ao gigante. Isso tranquiliza a consciência juvenil que vem esmaecendo dentro de João à medida que envelhece.

A mãe de João começou a colecionar bolsas (tem um carinho especial por sua Murakami de flor de cerejeira da Louis Vuitton, uma edição limitada) e a encontrar as amigas para almoços que podem ir até as quatro ou cinco da tarde. João às vezes compra moças e rapazes nas cidades vizinhas, outras vezes os aluga, mas sempre combina para que cheguem tarde da noite, em segredo. Como já estamos cientes, João não é a luzinha mais brilhante na árvore de Natal, mas pelo menos ele sabe que somente sua mãe irá adorá-lo incondicionalmente para sempre; e também sabe que, caso um dos rapazes ou moças tivesse permissão para ficar, os ataques de misteriosa frustração, as críticas, logo viriam à tona.

A galinha, que se importa apenas com os ovos que produz, coloca um de ouro por dia, e vive alegremente em sua gaiola de concreto, com sua sentinela vinte e quatro horas, depois que a tentativa de João em exterminar todas as raposas locais se mostrou inútil.

Só a harpa é que se mostra triste e inquieta. Ela olha avidamente pela janela do quarto onde reside, um quarto cuja vista dá para o bosque de lilases plantado sobre o corpo encravado do gigante. Muda há muito tempo, sonha com uma época em que vivia numa nuvem e tocava músicas tão lindas que só o gigante e ninguém mais podia ouvir.

ENVENENADA

Ontem à noite você queria.
    E hoje, acho que não quero.
    E por que não, exatamente?

É estranho. Vai me dizer que não acha nem um pouquinho estranho? E, bem, eu estou ficando cansada de tudo isso.

Quando exatamente você mudou de ideia?

Não mudei. Tudo bem, cansei de fingir que não estou cansada de fazer isso.

Foi a piada da maçã, hoje, no mercado? Isso a incomodou?

Claro que não. Acho que já estou acostumada com as piadas sobre maçãs, não acha?

Você sempre disse que gostava. Estava mentindo, então?

Não. Bem, não mentindo, exatamente. Acho que eu gostava porque você gostava muito. Mas acho que hoje à noite eu não quero mesmo.

Isso é um tiquinho humilhante, não acha? Para mim.

Não. Eu vinha fazendo porque amo você. Quando amamos alguém, ficamos felizes em fazer o outro feliz.

Mesmo quando acha algo estranho. Mesmo quando acha nojento.

Eu não falei nojento. "Estranho" e "nojento" não são sinônimos.

Você não cansava quando tinha de fazer com os nanicos.

Não eram nanicos. Eram *anões*. Não sei por que você tem dificuldade de entender a diferença.

Desculpa, me desculpa. Estou deslocando minhas emoções.

Você pegou essa expressão do seu analista. Você ao menos sabe o que ela significa?

Sinto muito pelos *anões*. Sei que você os amava.

Ou amava o fato de que eles me amavam, nunca soube dizer ao certo.

Acha que deveríamos convidá-los de novo?

Porque a gente se divertiu para valer da última vez?

Eu não diria que *não foi* divertido. Você não gostou?

Você teve que levantá-los para que sentassem em nossas cadeiras. As colheres eram do tamanho de pás para eles. Esqueceu mesmo de tudo isso?

Eu estava tentando ser legal, um bom anfitrião. Levei embora o amor da vidinha deles. Acha que minha posição era fácil naquela noite?

Não. Você estava tentando ser generoso. Sei disso. De verdade.

Tudo bem. Dez minutos. Só dez, ok?

Isso é mesmo importante para você, não é?

Por favor, não banque a condescendente.

Pode me dizer alguma coisa que não o ofenda?

É importante para mim. Tudo bem, certo, me sinto um pouco constrangido por isso ser importante para mim. Mas é.

Diga algo que ama em mim.

Dá um tempo.

Seja específico.

Certo. Eu adoro aquilo que você faz com a boca quando se concentra. Aquela coisa meio tensa, meio mordendo o lábio, mas não exatamente... É apenas... tenso, completamente involuntário. Aquilo é tão você.

Outra.

Amo quando acordo antes de você e então, quando você acorda, faz aquela expressão de total surpresa, como se não conseguisse acreditar que está… onde está. Aquilo fode com a minha cabeça. É o que me causa aquelas ereções matinais.

Tudo bem. Dez minutos.

Tem certeza?

Isso te incomoda? O fato de eu gostar de fazer você feliz?

Dez minutos então.

Ei, posso até chegar a doze. Por você.

Eu te adoro.

Tenha cuidado com a tampa, tudo bem?

E eu não tenho sempre cuidado com a tampa?

Tem. Não sei por que falei isso.

Você está bem? Assim é confortável?

Estou. É.

Você acha…

O quê?

Me sinto um ser abjeto agora.

Pode falar.

Acha que dá para cruzar suas mãos um pouquinho mais para baixo? Mais em cima dos peitos, mesmo?

Aham.

Assim. Perfeito. Completamente perfeito.

Estou fechando os olhos. Estou me concentrando.

Meu Deus, você é linda.

Às vezes eu queria poder ver você. Quando me vê.

Eu também queria. Mas não seria…

É claro que não.

Olha a sua pele. Os seus lábios. As pétalas das suas pálpebras.

Vou parar de falar agora. Pode abaixar a tampa.

Sou o homem mais sortudo do mundo.

Não vou falar mais. Estou me concentrando.

Doze minutos, no máximo. Prometo.

Shh.

Doze minutos exatos. Prometo. Obrigado por fazer isso. Sei que você não vai falar mais. Mesmo assim, obrigado. É importante para mim, de verdade. Certo. Doze minutos e te dou um beijo. Depois podemos pedir comida, tudo bem? Ou podemos sair, o que você quiser. Podemos ir ao cinema. Mas obrigado pelos doze minutos. Quero dizer, olha só você. Num sono que parece morte. Antes mesmo que eu existisse. Para você, quero dizer. Quando eu era… É, gosto de pensar dessa maneira, quando eu era um sonho que você estava tendo, quando eu era uma premonição, quando eu era perfeito por não existir, quando eu era pura possibilidade e, espero mesmo que isso não seja estranho, mas quando você era imaculada e uma completa desconhecida, a criatura mais perfeita e bela que já tinha visto. Antes de eu ter levantado a tampa, quero dizer, e beijado você pela primeira vez.

A PATA DO MACACO

Temos então os White — uma família modesta, mas feliz. Uma família feliz o suficiente. São só os três: mãe, pai e filho. Aos vinte e dois anos, o filho trabalha na fábrica local. Se fica irritado por ajudar financeiramente os pais, se fica frustrado por suas noites sem sexo, se reflete sobre uma juventude desprovida de farra e delinquência barata, se fica chateado por certas aflições prematuras trazidas pela labuta (aquele joelho traiçoeiro, o nódulo doloroso na base da espinha)… ele nunca toca no assunto. Não nasceu num lugar nem numa época em que os filhos se despedem dos pais aos beijos. Em vez disso, esbravejam algo gentilmente contra os lenços úmidos de lágrimas de suas mães e partem a passos largos rumo à própria vida.

Os três moram numa cabana, embora não se trate daquela habitação bem arrumada, com telhado de palha, que a palavra "cabana" normalmente traz à mente. Fica num local remoto, lamacento e assombrado pelos ventos. Os White não tiveram muitas opções no que diz respeito a escolhas.

Mesmo assim, eles não discutem. Não estouram por qualquer probleminha doméstico. Este aposento apertado e úmido, esta estrada que a lama torna intransitável por mais da metade do ano, são vistos como algo inevitável, e eles se consolam com referências vagas a como poderia ser pior (ainda que seja difícil dizer o que poderia significar "pior"). Não há entre eles indiretas do tipo: *Por que deixei você me trazer para cá*, ou *Quando você vai morrer, para que eu possa ir embora?*

O visitante que chega numa noite enlameada não é um estranho. Bem... não é exatamente um estranho, embora seja de fato esquisito. Trata-se de um velho amigo do Sr. White, um homem que, quando jovem, tinha tendências (maiores que as do Sr. White) indômitas e provocadoras. Como fazem certos rapazes com inclinação a encrencas, acabou se alistando no Exército. Há mais de duas décadas ele viaja em missões militares; a mais recente foi para a Índia. Passou os últimos vinte anos de capacete, taciturno, um defensor do Império nos domínios de superstições, de bênçãos e maldições, de atos obscuros de magia que costumam ser forjados, mas que, às vezes, podem parecer não muito genuínos... e sem falar que podem ser falsificados, também.

O visitante traz com ele um presente: a pata decepada de um macaco, que ele garante ser capaz de realizar três desejos.

Os White não sabem muito bem como receber esse presente em particular. Os três desejos lhes seriam úteis — um único desejo seria: riqueza inestimável. Mas falemos a verdade. Aquela coisinha macabra e murcha, com os dedos mortos, marrom-escuros, curvados para junto de si? Parecia que o velho amigo do Sr. White havia enlouquecido, o que não é incomum entre homens que passaram muito tempo em locais estranhos e remotos.

Ainda assim, seria indelicado recusá-lo. Certo?

O Sr. White pega a pata e fica surpreso e assustado quando ela espasma, sutilmente, ao entrar em contato com sua pele.

Antes que possa soltar um grito, entretanto, o visitante a pega de volta. Com a voz hesitante, diz que estava prestes a cometer um crime. Não havia conseguido se livrar da pata, por isso pensou em se libertar repassando-a a uma família pobre e inocente...

Os White apenas o encaram. O que poderiam dizer?

O visitante lhes conta que lamenta o dia em que colocou seus olhos cansados na pata de macaco.

Com um impulso determinado e lunático, ele a joga na lareira.

O Sr. White a recupera na mesma hora, chamuscando as próprias pontas dos dedos. Fica constrangido pelo amigo. Garante que um presente é sempre um presente. Diz que sempre teve gosto por coisas exóticas e que não há muito disso em sua vizinhança.

O visitante, desolado e aterrorizado, parecendo um rato-almiscarado numa armadilha, se dirige cambaleando para a porta. Antes de se despedir, alerta os White para não fazerem pedido algum à pata e lhes implora, caso um dia se sintam tentados a tal, para que se limitem aos desejos mais sensatos possíveis.

E então segue porta afora. A chuva o chama de volta para a noite.

Mãe e filho não perdem tempo em dar seu veredicto. Explodem numa crise de riso.

Desejos sensatos? Por favor, nos dê uma pá de lixo nova? Conceda-nos, por cortesia, algumas baratas a menos na despensa?

O Sr. White fica em silêncio. Ele fecha a porta, e do outro lado chove canivetes.

Podia jurar que sentiu a pata apertar quando lhe foi dada. Mas agora a está segurando novamente e ela se mostra tão inerte quanto a própria morte.

O Sr. White só consegue fazer um protesto abafado em defesa do pobre homem:

— Ele viu muitas coisas estranhas e isso o afetou; vocês não nos conheceram quando éramos jovens.

A Sra. White tira a pata da mão dele, balbucia um encanto inventado e diz:

— Eu desejo...

Ela faz uma pausa. Afirma que não tem desejo algum (logo ela, que lava as louças num velho caldeirão, que faz o melhor para tirar fogo da lenha ensopada).

— Desejo ganhar duzentas libras! — diz ela. Duzentas libras são a quantia que faltava para quitar a cabana.

Com duzentas libras, aquele buraco úmido, escuro e de teto baixo poderia ser deles. Difícil imaginar desejo mais razoável que esse.

Nada acontece. Nenhum maço de notas se materializa no pote de açúcar, tampouco moedas chocalham pelo cano da chaminé.

Todos vão para a cama.

Depois que o Sr. e a Sra. White se aninham sob a colcha, ela não se pergunta, mesmo quando o sono começa a dominá-la, por que se casou com um homem que a levou para um lugar como aquele. Mas deveria ter imaginado seu destino quando ele apareceu para a cerimônia de casamento, no modesto vilarejo, vestido no terno com cheiro de naftalina do pai, ou quando insistiu que o aluguel de uma carruagem seria um gasto desnecessário. O Sr. White, cujos sonos são agitados, não tem questionamentos internos, enquanto vira de um lado para o outro e tenta encontrar uma posição confortável para dormir. Ele não se questiona por que escolheu uma mulher tão desprovida de ambição e fé. Não se pergunta: *Por que ela deseja a propriedade absoluta daquele casebre?*

Na manhã seguinte, o filho sai para o trabalho. No final da tarde, um representante da fábrica chega para informar o Sr. e a Sra. White sobre um acidente. A máquina do filho o tinha agarrado, como se fosse a matéria-prima para algum produto feito de lacerações, de fragmentos de ossos e tendões estraçalhados, de sangue jorrado, e que passou rapidamente diante dos olhos dos outros trabalhadores, de vermelho a preto.

De um modo apropriado e profissional, o homem da fábrica mostra-se comiserado. Sabe que não existe compensação para uma perda como esta. Os donos da fábrica, entretanto, mantêm a prática de pagar às famílias dos homens que, em determinadas ocasiões, são levados pelas máquinas. Não é muito, como bem sabe Deus, mas a companhia está pronta para oferecer a seguinte quantia em dinheiro aos pais do jovem...

Vocês não precisam, obviamente, ouvir de mim o valor exato.

Nem precisam que eu lhes conte — e certamente não em detalhes — sobre a mãe do rapaz, tomada pela dor, que foi quem fez o pedido em primeiro lugar; sobre como ela, na calada da noite — muitos dias após os restos mortais do filho terem sido lacrados no caixão (não puderam ver o corpo), depois que o caixão foi enterrado no adro coberto de ervas — pegou a pata do macaco e gritou para a saleta vazia, para a chuva além da saleta:

— Traga-o de volta.

Nada acontece.

Nada acontece de imediato.

Passam-se várias horas até que, os White, já na cama, escutam o barulho de passos cada vez mais próximos, vindos de fora. Mas precisam de apenas alguns segundos para perceber que os passos têm uma lentidão cadenciada, um aspecto de algo que se arrasta, como se cada passo não envolvesse o levantamento da sola da bota da superfície do solo e tivesse que ser executado dolorosamente, um deslize sobre o lodo, antes que o próximo passo possa ser negociado.

Os dois compreendem no mesmo instante. A caminhada do cemitério é longa.

A Sra. White desce correndo pelas escadas estreitas, com o Sr. White em seu encalço.

— Ele voltou! — declara ela.

O Sr. White quase não consegue se forçar a responder.

— *Isso* voltou.

O cadáver lacerado, a criatura agora feita de ossos fraturados e um rosto que mais se assemelha a uma máscara esmigalhada, a criatura que um dia deu seus primeiros passos incertos, seguindo uma bola de borracha aos risos, que patinou animadamente sobre lagos com os amigos, está de volta. Está atravessando o portão do jardim.

Foi convocado. Ainda reconhece a luz na janela.

Enquanto a Sra. White tem dificuldade para destrancar a porta, o Sr. White pega a pata de macaco. Está preparado para gritar:

— Faça isso ir embora.

No entanto, fica em silêncio. Ele sabe o que deveria fazer. Mas não suporta a ideia de que sua mulher abra a porta e não encontre nada do lado de fora além do vento. Não sabe ao certo se conseguiria sobreviver à magoa e à ira que dirigiria a ele quando voltasse da soleira vazia.

Por isso, o Sr. White fica parado no meio da sala, segurando a pata de macaco com força, ao passo que sua mulher escancara a porta e os dois veem o que está parado diante deles, esperando um convite para entrar.

Havia mais de um ano que os três moravam juntos. Durante o dia, a criatura fica afundada na poltrona, ao lado das poucas centelhas de fogo que conseguem tirar da lenha molhada. Quando a noite chega, a criatura se arrasta para o andar de cima sem dizer nada, pesando o pé sobre cada degrau, e lá se recolhe em seu quarto (não dá para saber se dorme) até a manhã ressurgir, quando então retoma seu lugar junto à lareira.

Mesmo assim, aquele é o filho deles. O que sobrou dele. Os White cobriram as paredes da saleta com todas as fotografias antigas que tinham: do filho pequenino com roupa de neve, sorrindo em meio a um redemoinho de flocos brancos soprados pelo vento; do filho adolescente, de gravata-borboleta, posando para o fotógrafo da escola; do filho sorrindo nervosamente ao lado da menina incompatível (a gorduchinha, com olhar manhoso e de moral duvidosa, que agora é a esposa bêbeda do açougueiro da cidade) a quem levou para seu primeiro baile.

Os White acendem incensos para disfarçar o cheiro. Quando chega a primavera, enchem a casa de lilases e rosas.

Na medida do possível, o Sr. e a Sra. White conseguem reproduzir uma versão dos dias de outrora. Brincam e passam tempo recordando o passado. A Sra. White prepara guisado de carneiro toda sexta-feira, embora a criatura não queira mais, nem tampouco precise, comer.

A criatura costuma olhar sem expressão para o fogo que se debate, embora vez ou outra, quando algum tipo de conversa vem à tona, quando a mãe ou o pai pergunta se não gostaria de mais um travesseiro, quando questionam se ele se lembra da viagem que fizeram, anos atrás, para aquele lago nas montanhas, a criatura levanta o que sobrou da cabeça e aponta seu único globo ocular, opaco e opalescente, com um ar não de raiva, mas de confusão. Que crime cometeu? Seus carcereiros são gentis, fazem o que podem para lhe oferecer conforto, mas por que o mantém ali? O que ele fez de tão errado?

Os dias se transformam em noites e as noites, em dias. Nada muda, nem dentro, nem fora da casa, onde os céus cinzentos e os galhos nus das árvores lançam seus reflexos sobre as poças na estrada.

O esforço exigido para continuar nesse mundo alterado é notável, no entanto. Em algumas noites, a Sra. White se questiona sobre o paradeiro de Tom Barkin, o homem com quem poderia ter casado. O fato de que as palavras "com quem poderia ter casado" significam apenas que ela era (como observa o Sr. White) uma entre uma dúzia de garotas com quem Tom Barkin flertava parece fortalecer, e não amortecer, suas convicções sobre as possibilidades às quais renunciara. O Sr. White finalmente lhe diz que não gosta, que jamais gostou, do hábito que ela tem de assobiar enquanto realiza seus afazeres, mas que no fim considera que sua cessação obediente e ressentida produz um silêncio abafado ainda pior do que os assobios. O bacon malpassado não é mais consumido pelo Sr. White sem comentários. Seus banhos raros não proporcionam mais a garantia de que há algo de bom no cheiro natural de um homem. Suas histórias são suportadas cada vez com maior sofrimento pela Sra. White, que não disfarça a expressão de tédio.

A criatura que fica sentada e encara a lenha fumegante e latente parece não se dar conta.

O Sr. e a Sra. White lembram a si mesmos: aquele ainda é o filho deles. Dão a ele seu apoio, como é de esperar. Ao menos, eles ainda têm essa virtude. Colocaram-no neste mundo, não só uma, mas duas vezes.

E assim o fogo é mantido acesso. O guisado é preparado toda sexta-feira. As visitas ocasionais são desencorajadas — os White estão, como afirmam, ocupados demais para recebê-las nesses últimos tempos. Há momentos, porém, em que a Sra. White imagina como sua vida seria muito mais fácil caso o Sr. White morresse em decorrência de seu coração comprometido e a lançasse nos domínios muito mais simples da viuvez, onde ninguém se importa com assobios nem com a maneira como o bacon é frito; onde a pungência azeda e suada do Sr. White evapora; onde não seria forçada a fingir que está se divertindo ao ouvir a mesma história sendo contada mais uma vez. Há momentos em que o Sr. White imagina sua mulher indo embora com Tom Barkin, que agora está velho, sem a metade dos dentes, que ainda flerta com garotas, mesmo que estas se afastem. Ela seria uma adúltera, e ninguém o culparia por manter uma conduta determinadamente alegre em sua solidão. Seria uma figura digna de compaixão. Um conhecido ou outro poderia até se arriscar a verbalizar a opinião de que, assim como todos no vilarejo concordavam, o Sr. White poderia ter arranjado algo melhor. E o que não falta são jovens viúvas locais, que não parecem do tipo que fazem objeções ao cheiro de um homem, ou que não apreciariam uma história empolgante e bem contada.

Seria mais fácil, aparentemente, que houvesse menos deles no mesmo recinto.

Os White, todos os três, sabem onde fica guardada a pata de macaco: na prateleira superior do guarda-louça, ao lado da tigela rachada. Sabem, todos eles sabem, que ainda há mais um desejo a ser concedido.

HOMENZINHO

Imagina se você tivesse um filho.

Se tivesse um filho, seu trabalho seria mais que enfrentar as diversas correrias dos feriados e tentar imaginar o quanto a Sra. Witters, do financeiro, enlouqueceria em determinado dia. Você estaria envolvida na compra de sapatinhos minúsculos e brinquedos de puxar e em marcar consultas no dentista; e economizar para um fundo universitário.

A casa nada extraordinária para a qual você volta toda noite? Será a futura casa primal de alguém. Dentro de décadas, ela se tornará o lugar do qual alguém se recorda sempre, um refúgio de conforto e alívio, com seus cômodos transformados em algo maior e mais grandioso, exaltados pela memória. O sofá e os abajures, comprados às pressas, considerados bons o bastante para o momento (aparentemente ainda estão ali, mesmo passados tantos anos) serão preciosos para alguém.

Imagine chegar ao ponto em que deseja ter um filho mais do que qualquer outra coisa.

Mas ter um filho não é como pedir uma pizza. Ainda mais quando você é um homem malformado e diminuto, cuja ocupação, caso fosse forçado a lhe dar um nome, seria… Como você chamaria a si mesmo?

Um duende? Um diabinho? As agências de adoção já se mostram relutantes quanto a *médicos* e *advogados*, caso sejam solteiros e tenham mais de quarenta anos. Então vá em frente. Candidate-se à adoção de uma criança, sendo você um gnomo de duzentos anos.

Você fica um pouco ensandecido — e tenta convencer a si mesmo a se acalmar, o que funciona melhor em algumas noites do que em outras — pelo fato de que, para boa parte da população, os filhos simplesmente... aparecem. Pa, pum. Um simples ato de amor e, nove meses depois, o florescer, tedioso e sem sentido como uma flor de açafrão irrompendo de um bulbo.

Uma coisa é invejar a riqueza, a beleza e os outros dons que parecem ter sido concedidos aos outros, mas não a você, por doadores desconhecidos, mas incontestáveis. Outra coisa completamente diferente é almejar algo que se faz tão disponível para qualquer bêbado e garçonete que se juntam por três minutos num dos cantos escuros de um *pub* úmido e escrofuloso.

Você escuta com atenção, portanto, quando ouve o rumor. Um moleiro empobrecido, um homem cujos negócios andam mal (os pequenos donos de moinhos, aqueles que moem à mão, estão desaparecendo — sua farinha e seus grãos custam o dobro do que as corporações podem produzir e o produto das grandes marcas é livre dos pedacinhos arenosos que acabam se infiltrando num saco de farinha, por mais cuidado que você tenha); um homem que não tem seguro de saúde nem investimentos, que não vem depositando dinheiro num fundo de pensão (pois precisou de cada centavo só para manter o moinho aberto).

Esse homem disse ao rei que sua filha conseguia fiar palha e transformá-la em ouro.

O moleiro deve ter se sentido compelido a fazer tal coisa. Deve ter pensado que precisava de uma declaração escandalosa como essa, caso quisesse atrair a atenção do rei.

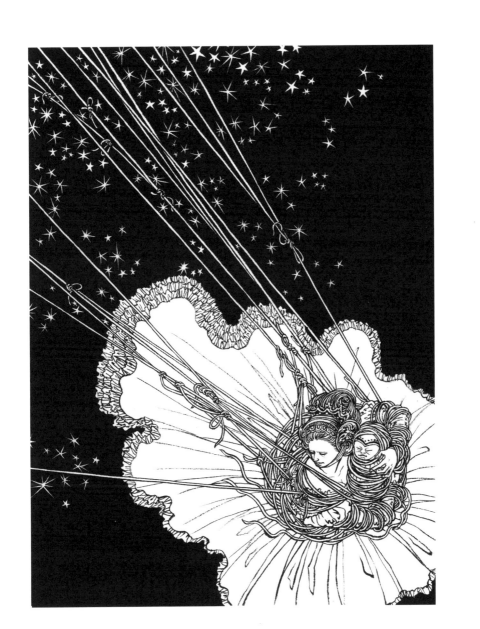

Você acha (em seu papel de aspirante a pai, você prefere pensar nos outros pais como pessoas sãs) que ele torce para que, se conseguir colocar a filha dentro do palácio, e encontrar um modo para que conheça o rei, este ficaria tão atordoado (e não é que todo pai não acha sua filha irresistível?) que acabaria esquecendo a história absurda sobre transformar palha em ouro quando visse a graciosidade pálida do pescoço da menina; quando ela abrisse um sorriso para ele; depois de ouvir o tom doce de clarineta de sua voz baixa, mas surpreendentemente sonora.

Aparentemente, o moleiro não tinha capacidade para imaginar todas as garotas de pescoço pálido e sorriso acanhado que o rei já conheceu. Como a maioria dos pais, era inconcebível para ele que sua filha não fosse única; que pudesse ser encantadora, engraçada e esperta, mas não a ponto de obliterar todas as outras pretendentes.

Como pai pobre, tolo e dedicado que era, o moleiro nunca imaginou que a filha fosse trancada num quarto cheio de palha e ordenada a transformar tudo em ouro até a manhã seguinte, assim como a maioria dos pais não espera que suas filhas sejam indesejadas pelos rapazes, rejeitadas por universidades ou abusadas pelos homens com quem acabam se casando. Tais ideias não surgem no espectro das possibilidades paternas.

E fica pior.

O rei, que detesta ser enganado, anuncia da porta do porão cheio de palha que, se a menina não transformar tudo em ouro até a manhã seguinte, vai mandar executá-la.

O quê? Espere um minuto...

O moleiro começa a confessar, a implorar por perdão. Estava brincando. Não, tinha sido pecaminosamente orgulhoso, queria que a filha conhecesse o rei, estava preocupado com o futuro dela; sabe, sua majestade, não pode estar falando sério quando diz que está pensando em *matá-la*...

O rei lança um olhar glacial para o moleiro e ordena que um guarda o leve para fora, para então se retirar, fechando a porta.

É aqui que você entra.

Você descende de uma longa linhagem de magos com talentos especiais para pequenos atos de magia. Por gerações, seu povo foi capaz de intimar chuva, exorcizar espíritos, encontrar alianças de casamento perdidas.

Ninguém na família, pelo menos não nos últimos séculos, pensou em ganhar dinheiro com isso. Não é uma coisa... respeitável. Cheira a desespero. Além disso, como acontece com feitiços e encantos, nada é cem por cento confiável. Trata-se de uma arte, não de uma ciência. Quem gostaria de devolver o dinheiro de um fazendeiro quando este se vê desamparado diante de seus campos ainda secos? Quem ficaria feliz em dizer *Sinto muito, funciona quase sempre* para o casal de idosos que ainda ouve risadas cacarejadas vindas de baixo do colchão, cujos talheres ainda pulam da mesa de jantar e voam pela sala?

Quando você escuta a história da menina que supostamente consegue fiar palha e transformá-la em ouro (é só do que se fala no reino), você não pensa *Esse pode ser um jeito de eu conseguir uma filha*. Isso estaria muitos passos à frente para a maior parte das pessoas e, apesar do coração vigoroso e da ferocidade de suas intenções, você não é particularmente um pensador. Você trabalha mais com o instinto. E é o instinto, portanto, quem lhe diz: *Ajude a garota, talvez algo de bom possa nascer dessa história*. Talvez apenas porque você, e mais ninguém, tenha algo para oferecer a ela. Você, que nunca teve muito a oferecer às meninas que passavam, rindo ao lado dos namorados, deixando traços de perfume em seus rastros; perfume e maquiagem e um sopro de vida no ar que tão brevemente ocuparam.

Transformar palha em ouro é algo que está além de suas capacidades, mas não impossível de se aprender. Existem textos antigos. Há também sua tia Farfalee, mais velha que os textos, mas ainda viva, pelo que você saiba; a única integrante realmente talentosa dentre sua gentalha, mais inclinada a fazer ratos falarem flamengo ou retirar besouros das tortas de Natal das outras pessoas.

* * *

Castelos são fáceis de invadir. A maioria das pessoas não sabe disso e acha que são fortificados, impenetráveis. Mas os castelos foram remodelados e revisados, vez após vez, por incontáveis gerações. Havia o rei-menino que insistia em ter passagens secretas, com buracos para espiar, feitos nos olhos dos quadros dos ancestrais. Havia o rei paranoico que tinha ordenado a escavação de túneis de fuga, com quilômetros de extensão, desembocando em florestas, estradinhas rurais e cemitérios.

A garota, no entanto, fica surpresa e impressionada quando você se materializa no quarto cheio de palha. Não tem nada a ver com mágica. Isso, porém, já lhe confere alguma credibilidade.

À primeira vista, você vê por que o moleiro achou que a aposta dele poderia funcionar. A menina é mesmo uma beldade, levemente incomum, como é o caso da maioria das grandes beldades. Sua pele é macia e sem poros como uma pálida porcelana rosada, o nariz sutilmente mais longo do que deveria ser, e os olhos castanho-negros e grandes, com cílios escuros, que tremem de curiosidade, reflexivos.

Ela o encara. Não fala nada. Desde aquela manhã sua vida se tornara tão estranha (ela, que no dia anterior costurava sacas para cereais e varria grãos de milho perdidos pelo chão) que a aparição repentina de um homem retorcido com pés de tocos, medindo um pouco menos de um metro e vinte, o queixo longo feito um nabo, parecia apenas mais uma naquela nova série de impossibilidades.

Você explica que está ali para ajudar. Ela agradece com um aceno de cabeça. Você começa a se mobilizar.

As coisas não saem bem, de início. Passando pela roda de fiar, a palha sai simplesmente como palha, picada e amassada.

Mas você se recusa a entrar em pânico. Repete, em voz baixa, o feitiço que lhe foi ensinado pela tia Farfalee (que hoje em dia não é maior que um texugo, com seus olhos brancos e vazios e dedos finos e rígidos, feito estalactites de gelo). Você se concentra, porque acreditar é fundamental. Um dos motivos pelos quais as pessoas comuns não conseguem fazer mágica é a simples falta de convicção.

Até que uma hora... sim. As primeiras hastes têm apenas um toque de ouro, como relíquias corroídas, mas as seguintes já são mais ouro que palha e, em pouco tempo, a roda começa a expeli-los, fios e fios de pura palha dourada, com uma cor profunda, não o amarelo forte de alguns tipos de ouro, mas um amarelo impregnado de rosa, levemente incandescente no quarto iluminado por tochas.

Vocês dois — você e a garota — assistem, extasiados, enquanto os montes de palha diminuem e pilhas de fios dourados se acumulam sobre o chão de calcário. Isso é o mais perto que você já chegou, até então, do amor, de fazer amor — você na roda de fiar, com a garota às suas costas (ela distraidamente coloca a mão, de leve, sobre seu ombro), vendo a palha se transformar em ouro.

Quando tudo chega ao fim, ela diz:

— Meu senhor.

Você não sabe bem se ela está se referindo a você ou a Deus.

— Fico feliz em poder ajudar — você responde. — Agora tenho que ir.

— Quero retribuir sua ajuda.

— Não precisa.

Mesmo assim, ela tira um colar de contas do pescoço e o estende em sua direção. É feito com granadas baratas, provavelmente tingidas, embora ali naquele quarto, naquele exato momento, com toda a palha dourada emanando sua luz tênue, elas são de um vermelho escuro tão forte quanto o sangue do coração.

— Foi um presente de meu pai de quando fiz dezoito anos — diz ela.

A garota passa o colar pela sua cabeça. Um momento constrangedor acontece quando as contas prendem em seu queixo, mas a garota as levanta e as pontas dos dedos dela roçam em seu rosto. O colar de contas cai sobre seu peito. Sobre o declive onde, fosse você um homem normal, ficaria seu peito.

— Obrigada — diz ela.

Você faz uma reverência e vai embora. Ela o vê escapulindo pela porta secreta, desprovida de dobradiças ou maçaneta, uma das muitas encomendadas pelo rei paranoico, morto há muito tempo.

— Isso não é mágica. — Ela ri.

— Não. Mas às vezes a mágica consiste em saber onde fica a porta secreta e como abri-la.

Dito isto, você se vai.

No dia seguinte você ouve a história, caminhando pelos subúrbios da cidade vestindo o colar de granadas sob sua camisa de lã manchada.

A garota conseguiu. Transformou palha em ouro.

A reação do rei? Faça de novo hoje à noite, num quarto maior, com o dobro da palha.

Ele está de brincadeira, né?

Não, não está. Afinal, esse é o rei que aprovou a lei que obrigava cães e gatos a vestir calças, que fez das risadas em alto som um crime passível de punição. Segundo os rumores, havia sido abusado pelo pai, o último rei. Mas esta é a história que as pessoas sempre contam, não é mesmo, quando querem explicar algum comportamento inexplicável?

Você repete a operação naquela noite. Agora não precisa mais de esforço para fazer a roda girar. Enquanto fia, faz algumas firulas cômicas para a garota. Fia com uma só mão por um tempo. Fia de costas para a roda. Fia com os olhos fechados.

Ela ri e aplaude. Sua risada é baixa e sonora, assim como o som de uma clarineta.

Desta vez, quando você termina, ela lhe dá um anel. Um barato, de prata, com um cisco de diamante encravado.

— Era da minha mãe — explica a garota.

Ela o coloca em seu dedo mindinho. Encaixa, mesmo que fique apertado. Você para por um instante, encarando a própria mão, o que de jeito algum pode ser considerada uma visão bonita, com os nós dos dedos arqueados e as unhas grossas e amareladas. Mas ali está, sua mão, com o anel dela num dos dedos.

Você escapole sem dizer nada. Tem medo de que qualquer coisa que diga seja vergonhosamente séria.

No dia seguinte...

Pronto. Um último quarto cheio de palha, novamente com o dobro do tamanho. O rei promete que este será o último, mas insiste naquele terceiro e derradeiro ato de alquimia. Ele acredita que o valor está nos três, o que explicaria as três torres pomposas e desnecessárias que enfiou sobre os muros do castelo, os três conselheiros a quem nunca dá ouvidos, as três paradas anuais em comemoração a nada em particular que não a celebração do próprio rei.

E...

Se a garota conseguir mais uma vez, o rei anunciou que se casará com ela e fará dela sua rainha.

É essa a recompensa? Casar-se com um homem que disse que a decapitaria caso falhasse em produzir não só um, mas três milagres?

Certamente a garota vai recusar.

Você vai ao castelo de novo e faz tudo outra vez. Parece que a essa altura tudo já deveria ser uma rotina, a visão da palha dourada se amontoando, seu brilho ardente, mas de certa forma a repetição não fez da coisa um lugar comum. É (ou assim você imagina) um pouco como se apaixonar; como pensar vez após vez, toda manhã, no fato aparentemente nada extraordinário de que sua amante está ali, a seu lado na cama, prestes a abrir os olhos, e que toda manhã seu rosto será a primeira coisa que ela vê.

Quando termina, ela diz:

— Temo que não tenha mais nada que eu possa lhe oferecer.

Você para. Fica chocado ao perceber que quer algo mais dela. Disse a si mesmo, nas últimas duas noites, que o colar e o anel eram maravilhosos, mas também atos desconexos de gratidão; que fizera o que fizera por nada mais que a visão de seu rosto agradecido.

É surpreendente, então, que nesta última noite você não queira deixar de ser recompensado. Que deseje, com uma urgência perturbadora, outra recordação, um talismã, mais uma prova. Talvez seja porque você saiba que não voltará a vê-la.

— Não vai se casar com ele, não é mesmo? — pergunta você.

Ela abaixa o olhar para o chão, que está coberto de fios soltos de palha dourada.

— Eu seria rainha — responde ela.

— Mas estaria casada com ele. Com o homem que teria te matado se não tivesse conseguido fazer o que prometera.

Ela levanta a cabeça e olha para você.

— Meu pai poderia morar no palácio comigo.

— Mesmo assim, você não pode se casar com um monstro.

— Meu pai viveria num castelo. Os médicos do rei cuidariam dele. Ele está doente, o pó dos grãos entrou em seus pulmões.

Você fica tão surpreso quanto ela quando ouve a própria voz dizer:

— Prometa-me seu primogênito, então.

Como resposta, ela apenas pisca os olhos de espanto.

Mas você falou aquilo. Pode muito bem seguir em frente com a proposta.

— Deixe-me criar seu primogênito. Serei um bom pai, ensinarei mágica à criança, ensinarei a generosidade e o perdão. O rei não seguirá muito por essas linhas, não acha?

— Caso eu me recuse — diz ela —, você vai me entregar?

Ah.

Você não quer descer ao nível da chantagem. Preferia que ela não tivesse colocado a questão em pauta e não tem a menor ideia de como responder. Você nunca a entregaria. Mas está tão convicto de sua capacidade de resgatar a criança que ainda nem foi concebida, que seria, sem a sua ajuda, abusada pelo pai (os homens que são abusados não acabam sempre fazendo o mesmo a seus filhos?), que com o tempo acabaria se tornando outro rei implacável e caprichoso, que exigiria paradas inúteis e torres ainda mais espalhafatosas e sabe-se lá mais o quê.

Ela interpreta seu silêncio como um sim. Sim, você vai entregá-la caso não prometa o filho.

— Tudo bem, então — diz ela. — Prometo a você meu primogênito.

Você poderia retirar o que disse. Podia falar que estava brincando, que nunca tiraria o filho de uma mulher.

Mas você descobre (surpresa!) que gosta dessa capitulação por parte dela, dessa aquiescência indefesa, da mais recente personificação de todas as garotas ao longo de todos os anos que não lhe deram nada, nem mesmo um olhar de curiosidade.

Bem-vindo ao lado mais sombrio do amor.

Você parte mais uma vez sem nada dizer. Desta vez, porém, não é por medo do constrangimento. Desta vez é porque foi ganancioso e está envergonhado, porque quer a criança, precisa da criança, e ainda assim não consegue suportar a ideia de ser você mesmo no momento. Não consegue mais ficar ali, regozijando-se de seu domínio sobre ela.

O casamento real acontece. De uma hora para outra, essa garota comum, essa filha de um moleiro, vira uma celebridade; de uma hora para outra, seu rosto adorna tudo, de bandeiras a canecas de café.

E ela tem a aparência de uma rainha. Sua palidez cintilante e seus olhos escuros e inteligentes têm toda a aparência real de que precisam.

Um ano depois, quando nasce o menininho, você vai até o palácio.

Você pensou em desistir — é claro que pensou —, mas depois daquelas noites de reflexão insone sobre a vida que tinha pela frente, o retorno à solidão e à desesperança amplificadas com as quais conviveu pelo último ano (as pessoas tentaram vender para você chaveiros e medalhões com o rosto da garota estampado, presumindo que fosse apenas mais um cliente; você, que usa o colar de granadas sob a camisa, que usa o anel de prata no dedo)...

Você não pode desistir depois das crises de autotortura por causa das limitações de seu rosto e seu corpo. Até aquelas noites em que fiou, nenhuma garota o deixara chegar perto o bastante para que percebesse ser dotado de perspicácia, fascínio e compaixão, que seria desejado, que seria cobiçado, se apenas fosse...

Nem tia Farfalee e nem mesmo os mais antigos e sagrados textos têm algo a dizer sobre a transformação de gnomos em homens atraentes, com a coluna reta. Tia Farfalee explicou, com o suspiro baixo e infrequente que antes era sua voz, que a magia tem seus limites; que a carne se mostrou, ao longo dos anos, consistentemente vulnerável a aflições, mas nunca, nem para o mais poderoso dos magos, sujeita a melhorias.

Você vai ao palácio.

Não é difícil conseguir uma audiência com o rei e a rainha. Uma das tradições, um costume tão velho e arraigado que nem mesmo esse rei ousaria aboli-lo, era o da audiência semanal às quartas-feiras, nas quais qualquer cidadão que assim desejasse poderia aparecer na sala do trono e registrar uma reclamação, depois que o rei passou a ter uma esposa.

Você não é o primeiro da fila. E assim aguarda, enquanto uma jovem corpulenta relata que um grupo de bruxas em seu distrito está fazendo as cabras caminharem sobre as patas traseiras e passear por dentro da casa como se fossem donas do lugar. E espera, enquanto um velho faz objeções ao novo imposto cobrado sobre cada habitante que vive além dos oitenta anos, que é o modo do rei de reivindicar como seu aquilo que seria passado adiante aos herdeiros de seus súditos.

Enquanto espera na fila, você percebe que a rainha o nota.

Ela parece natural ao trono, igualzinha à imagem nas bandeiras, canecas e chaveiros. Ela nota sua presença, mas nada muda em seu semblante. Com a atenção fingida de sempre, ela ouve a mulher cujas cabras se sentavam para jantar com a família, o homem que não quer ver sua fortuna sugada antes de morrer. É amplamente sabido que essas audiências com o rei e a rainha nunca produzem resultados de qualquer tipo. Mesmo assim, as pessoas sentem vontade de vir e serem ouvidas.

Enquanto espera, você nota o pai da garota, o moleiro (o ex-moleiro), sentado entre os membros da corte, usando um chapéu de três pontas e gola de arminho. Ele olha para a fila de suplicantes reunidos com a indignidade de uma tia de viúva rica; com uma expressão de superioridade e piedade sentimental — o homem recém-falido que apostou a vida da filha e no fim, graças a você, acabou vencendo.

Quando chega sua vez, você se curva diante do rei e da rainha. O rei faz seu tradicional e distraído aceno com a cabeça. Cabeça essa que poderia ter sido esculpida com mármore. Seus olhos são azuis e frios sob o aro de sua coroa cravejada de joias. Talvez já seja, em vida, a versão de pedra que ficará em cima de seu sarcófago.

— Minha rainha, acho que sabe por que estou aqui — você diz.

O rei lança um olhar de desaprovação para a mulher. Seu rosto não trai qualquer sinal de questionamento. Ele passa por cima da possibilidade de inocência. Apenas tenta estimar o que, exatamente, ela teria feito.

A rainha assente. Você não faz ideia do que está passando pela cabeça dela. Aparentemente, durante o último ano ela aprendeu a demonstrar uma expressão de opacidade real, que não possuía quando você fiava palha até virar ouro para ela.

— Por favor, reconsidere — ela implora.

Você não se mostra inclinado a reconsiderar. Podia ter feito isso antes de se ver na presença daqueles dois, do monarca tirano e ignorante e da garota que concordou em se casar com ele.

Você diz a ela que uma promessa foi feita. E nada mais. Ela dá uma olhadela para o rei e não consegue disfarçar um momento de nervosismo digno da filha do moleiro que é.

Ela se volta para você outra vez. E então diz:

— Isso é constrangedor, não acha?

Você titubeia. Sente-se tomado por emoções conflitantes. Você entende a posição na qual ela se encontra. Você se importa com ela. Está apaixonado por ela. Provavelmente é a ferocidade incorrigível de seu amor que o impele a se manter firme, a recusar a recusa dela. Ela, que por um lado foi muito bem-sucedida, e por outro consentiu com o que deve ser, na melhor das hipóteses, um casamento frio e brutal. Você não pode simplesmente se compadecer e dar meia-volta. Não consegue aceitar ser tão rebaixado.

No fim das contas, ela não liga para você. Você só é alguém que certa vez lhe prestou um favor. Ela nem mesmo sabe seu nome.

Com isso em mente, você decide oferecer a ela um acordo.

Você diz que ela tem três dias para adivinhar seu nome, seguindo o espírito geral da fixação do marido dela por trios. Caso realize esse feito, caso consiga adivinhar seu nome dentro dos próximos três dias, o pacto deixa de valer.

Se não conseguir...

Você claramente não diz isso em voz alta, mas se ela não conseguir, você criará a criança numa clareira na floresta. Ensinará a ela os nomes botânicos das árvores e os nomes secretos dos animais. Você a instruirá nas artes da misericórdia e da paciência. E verá no menino alguns dos aspectos dela: as grandes lagoas negras de seus olhos, talvez, ou seu nariz aristocrático e levemente exagerado.

A rainha concorda. O rei fecha a cara. Não pode, entretanto, fazer perguntas. Não ali, não com os súditos perfilados à sua frente. Não pode dar a impressão de estar desconcertado, de não ter sido informado, de o terem tratado mal.

Você faz uma nova reverência e, com as costas tão eretas quanto permite sua espinha retorcida, vai embora da sala do trono.

Você nunca vai saber o que aconteceu entre o rei e a rainha depois que os dois ficaram a sós. Você esperava que ela confessasse tudo e insistisse que uma promessa, depois de feita, não poderia ser quebrada. Chega até a imaginar que ela pudesse defendê-lo por sua oferta de um possível cancelamento.

No entanto, você suspeita que a rainha ainda se sinta ameaçada; que não pode ter certeza de que o marido a perdoará por fazer com que ele acreditasse que ela havia fiado a palha e a transformado em ouro. Depois de gerar um herdeiro do sexo masculino, ela acabou se tornando dispensável. Assim, quando confrontada, provavelmente surgiu com alguma história sobre feitiços e maldições, uma invenção na qual você, um duende malvado, leva toda a culpa.

Você queria sentir raiva quanto a essa possibilidade. Queria não ter compaixão, nem mesmo um pouquinho, por ela e pelo apuro em que se meteu.

Isso, então, é amor. Essa é a experiência da qual se sentiu exilado por tanto tempo. Essa ira, misturada com empatia; esse desejo simultâneo por admiração e vitória.

Você queria achar isso tudo menos desagradável. Ou ao menos queria achar tudo tão desagradável quanto de fato é.

A rainha envia mensageiros por todo o reino, numa tentativa de descobrir seu nome. Você sabe que isso é inútil. Você mora numa cabana entalhada numa árvore, tão adentro da floresta que nenhum viajante ou andarilho jamais passou por ali. Não tem amigos, e seus familiares não só vivem longe, mas como em residências tão obscuras quanto a sua (pense na pequena gruta da tia Farfalee, que só pode ser alcançada depois de quinze metros a nado debaixo d'água). Você não está registrado em lugar algum. Nunca assinou nada.

Você volta ao castelo no dia seguinte, e no outro. O rei faz uma carranca homicida (que história *lhe* foi contada?) à medida que a rainha dá início a uma gama de palpites.

Althalos? Borin? Cassius? Cedric? Destrain? Fendrel? Hadrian? Gavin? Gregory? Lief? Merek? Rowan? Rulf? Sadon? Tybalt? Xalvador? Zane?

Não, não, não, não, não, não, não, não, não, não, não, não, não, não e não.

As coisas parecem andar bem.

Mas então, na noite do segundo dia, você comete um erro fatal. No futuro, você se pergunta: por que acendi uma fogueira em frente à árvore da cabana, cantei aquela canção e fiz aquela dancinha? Parecia algo inofensivo na hora, e você estava tão feliz, tão convicto. Você se viu sentado em sua sala de estar, pensando onde deveria colocar o berço, quem o ensinaria a dobrar fraldas, imaginando o rosto da criança olhando para você e dizendo... *Pai.*

É demais, ficar sentado ali daquele jeito, sem mais ninguém. É muito pouco. Você corre para a escuridão da noite na floresta, em meio ao chilrear dos insetos e os pios distantes das corujas. Acende uma fogueira. Concede a si mesmo um quartilho de cerveja, e depois mais um.

E, quase contra sua vontade, parece que você está dançando em volta da fogueira. Parece que inventou uma canção.

Hoje eu bebo, amanhã já deu
E então o filho da rainha será meu
Mal saberá ela que o perdeu

Qual a probabilidade de que o mais jovem dos mensageiros da rainha, o mais desesperado para progredir, o que foi ameaçado de demissão (era ávido e dramático demais ao entregar uma mensagem, abaixava-se muito em suas reverências, dava nos nervos do rei)... qual a probabilidade de que aquele jovem ambicioso em particular, sabendo que cada centímetro do reino civilizado já havia sido esquadrinhado, que já haviam batido em todas as portas, pensou em entrar na floresta naquela noite, questionando se não estaria desperdiçando um tempo precioso na esperança de que talvez, apenas talvez, aquele homenzinho vivesse fora do radar...

Qual a probabilidade de ele ver a fogueira, infiltrar-se pelas samambaias e ouvir sua cantilena?

✶ ✶ ✶

Você retorna, triunfante, para o castelo na terceira e última tarde. Pela primeira vez na vida, você é uma figura de poder, uma ameaça. Finalmente, não pode mais ser ignorado ou dispensado.

A rainha parece afobada.

— Bem, essa então é minha última chance.

Você tem a polidez de não responder.

— Seria Brom? — pergunta ela.

Não.

— Seria Leofrick?

Não.

— Seria Ulric?

Não.

E então há um momento — um milimomento, a fração de tempo mais minúscula que se possa imaginar — em que a rainha pensa em lhe dar o bebê. Você vê isso no rosto dela. Há um momento em que ela sabe que pode se salvar, assim como você uma vez a salvou; quando ela se imagina jogando tudo para o alto e indo embora com você e a criança. Ela não o ama, e nem poderia, mas se lembra de estar parada no quarto naquela primeira noite, quando a palha começou a virar ouro; quando entendeu que uma situação impossível terminara com um resultado impossível; quando distraidamente colocou a mão sobre as protuberâncias cobertas por juta em seu ombro... Ela pensa (*vuuum*, e no instante em que você leu este *vuuum* ela já não está mais pensando nisto) que poderia deixar o marido insensível, que poderia viver na floresta com você e a criança...

Vuuum.

O rei dispara um olhar glacial na direção da rainha. Ela olha para você, com seus olhos escuros ávidos e serenos, o pescoço arqueado e os ombros jogados para trás.

Ela diz seu nome.

Não é possível.

O rei abre um sorriso conquistador e predatório. A rainha se vira.

O mundo, que estava prestes a se transformar, volta a mudar. O mundo revela ser nada mais do que você, escapulindo a passos rápidos da sala do trono, correndo pela cidade, voltando para sua casinha vazia que sempre está ali, que sempre esteve ali, esperando por você.

Você bate o pé direito no chão. Bate com tanta vontade, com uma força compelida por encanto, que ele atravessa o piso de mármore e afunda até o tornozelo.

Você bate o pé esquerdo. A mesma coisa acontece. Agora você está parado, tremendo, ensandecido de raiva e desapontamento, com os tornozelos afundados no piso real.

A rainha mantém o rosto virado. O rei emite uma gargalhada que soa como a personificação do desprezo.

E, com isso, você se parte ao meio.

É a sensação mais estranha que se possa imaginar. É como se um pedaço de fita adesiva invisível que o segurava, do meio da testa até a pelve, fosse removido. Não é mais dolorido que tirar um curativo. E então você cai de joelhos, e olha para si mesmo, em dobro, vocês dois inclinados para a frente, piscando com surpresa para si mesmo, que pisca de surpresa para vocês, que piscam de surpresa para ele, que pisca de surpresa para vocês...

Discretamente, a rainha convoca dois guardas, que levantam os dois pedaços do piso no qual você atolou, que o levam, um pedaço cada um, para fora do salão. Eles o levam até sua casa na floresta e o deixam lá.

Agora há dois de você. Nenhum é suficiente por si só, mas você aprende, com o tempo, a juntar suas duas metades e coxear por aí. Há limitações para o que pode fazer, embora consiga se deslocar de um lugar para o outro. Cada metade exige a cooperação uma da outra, é claro, e você se vê perdendo a paciência consigo mesmo; você se pega praguejando contra si mesmo por causa de seu jeito desengonçado, por seu excesso de ansiedade, por sua falta de consideração com a outra metade. Você sente tudo isso em dobro. Ainda assim, vai em frente.

Ainda assim, caminha em conjunto, subindo e descendo as escadas com cuidado, admoestando, alertando, um insistindo para que o outro vá mais devagar, ou mais depressa, ou espere um segundo. O que mais você pode fazer? Um ficaria perdido sem o outro. Ficaria encalhado, deitado no chão, abandonado, perdido.

LEAL; CHUMBO

O soldado está em sua noite de sorte. Após dois anos de uma cordialidade fria e distante, ela se compadeceu. Finalmente, as cerejas apareceram três vezes na máquina caça-níquel. Na festa promovida por sua fraternidade (é primavera, segundo o calendário, mas o vento ainda sopra do lago, afiado como uma faca, e a grama ainda está seca), ela fica um pouco mais bêbada do que planejava, pois tinha acabado de ser abandonada por um garoto que ela achava que talvez o amasse; um garoto que, ao partir, levou consigo as primeiras ideias que ela nutria de um futuro convincente e irresistível.

Naquela festa da fraternidade, a amiga sussurrou no ouvido dela: *Vai com aquele cara. Dê uma chance para vocês. Será que ainda não se deu conta que ele não parou de te olhar a noite inteira? E, ei*, sussurra a amiga, *ele é gostoso e burro o bastante para hoje, o que, sinceramente, querida, cairia bem para você agora. Faz parte de seu programa de recuperação. São as suas férias pós-namorado-babaca! Só leve o pobre coitado para dar uma volta, isso vai te fazer sentir melhor. Você precisa de um pouco de, como posso dizer, desintensidade.*

Ele é atraído por garotas distantes, garotas indisponíveis, garotas que não caem fácil em qualquer lábia, já que ele é um rapaz que poderia muito bem ter sido esculpido por Michelangelo; um daqueles seres excepcionais que desfilam sua beleza como se fosse um estado humano natural, e não uma aberração. Uma garota distante e indisponível é algo raro para ele.

No andar de cima, em seu quarto, ele já desabotoou a camisa dela, e está a dedando, o que é prazeroso para ela, mas apenas prazeroso. Ela estava certa, desde que ele fixou seus olhos nos dela na aula de Introdução à Humanidade — esses tipos bonitões e superconfiantes nunca levam muito jeito para a coisa, e nunca precisam levar, pois receberam sua educação das mãos de garotas que se mostravam agradecidas demais, apaixonadas demais; garotas que fracassaram em educá-los da maneira certa. Essa apalpação brusca, esses beijos inexperientes eram o bastante para aquelas garotas simples e enamoradas cujo principal objetivo era fazer com que ele voltasse a vê-las. Ele deve ter feito sexo com uma centena de garotas, mais de uma centena, e aparentemente elas pouco fizeram além de cooperar; de garantir que estava certo o tempo todo sobre o que uma garota quer, do que ela precisa.

Ela não tem essa paciência toda. Não está assim tão interessada.

Por isso, ela se afasta do abraço dele e se despe, com o descuido rápido e mecânico de um colega de time no vestiário.

Ah. Bem. Uau. Isso é novo para ele, essa atitude casual de quem quer ir direto ao ponto.

Isso significa que ele não teve tempo de prepará-la, de segredar a confissão envergonhada que funcionou todas as outras vezes desde que havia entrado na universidade.

Desconcertado, confuso, ele também tira a roupa. Não consegue pensar em algo mais que pudesse fazer.

E ali está ela, sem ser anunciada.

Tudo o que ele consegue dizer é:

— É uma prótese. — Ele a retira e a joga no chão, frio e indiferente.

Sua perna direita termina logo acima do joelho.

— Acidente de carro — explica. — Quando eu tinha dezessete anos. Nas férias depois do ensino médio.

A parte inferior da perna que foi dispensada repousa no chão. Por si só, ela já parece um acidente: a panturrilha de plástico da cor da pele dele se alongando até um tornozelo de onde brota um pé sem dedos.

Ele está parado diante dela. Não tem problema algum em se equilibrar sobre uma perna só.

Ele conta sempre a mesma história, para todas as garotas: no volante do outro carro estava um garoto de quinze anos, que tinha acabado de roubar o veículo e estava sendo perseguido pela polícia. Para ele, é importante que não tivesse nenhuma responsabilidade; que um jovem delinquente, uma espécie de demônio, fosse o responsável por lhe tirar a perna.

Ela precisa de um momento para absorver por completo a parte que lhe falta da perna. O corpo dele, dos ombros largos de fazendeiro ao abdômen trincado, é tão impecável quanto esperava que fosse.

Mas ele não é completo. Vem blefando desde o acidente de carro, que o pegou de jeito logo depois de terminar o ensino médio, laureado e impecável. Parece que algum diabo entregou a *linha final da piada* antes que a piada fosse armada, e que a piada, em seus estágios iniciais (não há tempo para um cachorro que fala, um rabino ou uma aposta maluca), só pode ter um final macabro e surreal.

Um cara bem bonitão entra num bar e... o bar explode e todo mundo morre.

A fanfarronice que ela jamais gostou nele, a prepotência valentona que a afastava, demonstra ser apenas um truque, um jeito de lidar com a situação. Ele se tornou caricaturalmente confiante porque era isso que precisava fazer.

Assim como uma mulher, ele sabe bem o que é ser machucado e seguir em frente como se não houvesse nada de errado.

Às vezes o tecido que nos separa se rasga, só o suficiente para que o amor possa atravessar. Às vezes o rasgo é surpreendentemente pequeno.

Ela se casa não só com um homem, mas com uma inconsistência; ela se apaixona pelo hiato entre o físico e a aflição dele.

Ele se casa com a primeira garota que não tratou sua amputação como se não fosse nada de mais; a primeira que não precisa escapar da dor que ele sente, de sua raiva, ou, pior ainda, que tenta convencê-lo a não sentir dor e raiva.

As surpresas chegam em seu próprio tempo.

Depois de se casarem, à medida que um ano se amontoa sobre o outro, ele se surpreende ao constatar a frequência com que a aversão à sentimentalidade por parte dela a torna fria e cruel; fica surpreso como ela insiste em chamar isso de "sinceridade". Como ele pode brigar com alguém que exige que cada lapso e fracasso seja tratado como uma virtude, como uma qualidade admirável que ele se recusa a entender?

Ela fica surpresa diante da rapidez com que a beleza casual e incandescente do marido relaxa a ponto de se transformar no encanto de um sujeito normal, com charme de vendedor de carros, até porque ele é vendedor de carros; pelo jeito como sua carne mais robusta e abrutalhada faz com que deixe de ser o sacrifício de um deus invejoso e passe a ser apenas um reles otimista que simplesmente não tem a perna.

Ele fica surpreso em ver o quanto se sente sozinho na presença dela, e ela em constatar o quanto ele precisa se esforçar para demonstrar que está interessado. O interesse naufragante dela alimenta a solidão dele. A solidão dele o torna mais afável, mais desesperado para encantar, o que ajuda a entorpecer ainda mais o interesse dela. Não é um bom sinal quando ela se pega dizendo, durante um jantar num restaurante:

— Pelo amor de Deus, quer parar de se comportar como se estivesse tentando me vender um *carro*?

Não é um bom sinal quando ele tem um caso com uma garota palerma, que ouve hipnotizada cada opinião que profere, que ri (talvez de maneira exageradamente espalhafatosa) de todas as suas piadas.

No entanto, os dois continuam casados. Continuam casados porque ela tirou sua licença-maternidade quando Trevor nasceu e, embora não fosse sua intenção, não voltou ao escritório de advocacia. Não esperava ficar tão infinitamente fascinada pelo filho recém-nascido. Continuam casados porque a reforma da cozinha está durando uma eternidade, porque agora há também Beth, além de Trevor, porque o casamento não é assim de todo mau, porque *des*casar parece muito complicado, muito assustador, muito triste. Podem se separar depois que a cozinha estiver terminada; depois que os filhos estiverem um pouquinho maiores; depois que eles, no papel de um casal, tiverem finalmente passado pelos domínios da irritação e das brigas e chegarem ao cenário deserto do insuportável.

Eles esperam aprender a ser felizes juntos. Também anseiam, às vezes, pelo ponto em que a angústia se torna tão grande que não lhes deixa alternativa.

Diga-me, querida, você gostou da história?
Achei ok.
Eu demorei para te contar essa história. Até que você fosse um pouquinho mais velha.
Mais velha?
Bem, oito anos não é velha, é só mais velha que, você sabe, seis. Por que não gostou?
Detesto quando me faz essa pergunta. Falei que achei ok.
Tudo bem, vamos colocar de outro modo. Do que você não gostou?
Posso ir agora?
Num minutinho. Pode responder à pergunta antes?
Você não leu a história para Trevor. Trevor está lá fora, jogando kickball.
Eu queria ler esta aqui para você. Do que você não gostou?
Tudo bem. Por que o soldado só tinha uma perna?
O fabricante de brinquedos ficou sem chumbo.
Eu achei meio bobo. O modo como o soldado se apaixonou pela bailarina porque pensou que ela só tinha uma perna, também.

Ele só conseguia ver uma das pernas dela. A outra estava levantada às suas costas.

Mas e ele não ia saber? Nunca tinha visto uma bailarina antes?

Talvez nunca tivesse visto. Ou talvez fosse um desejo seu. Se tivesse só uma perna, não ia querer encontrar outras pessoas como você?

Não faz sentido.

O que não faz sentido?

O soldado cai de uma janela, uns garotos malvados o colocam num barco de jornal e ele veleja até cair por um ralo.

Faz sentido para mim.

Mas depois ele é engolido por um peixe e esse peixe é comprado pela cozinheira da mesma família. Quando ela o abre, o soldado está lá dentro.

E por que não gostou disso?

Uh, porque é uma coisa boba?

Estava falando de destino. Sabe o que quer dizer "destino"?

Sim.

O soldado e a bailarina não podiam ficar longe um do outro. Era o destino.

Eu sei o que quer dizer. Ainda acho bobo.

Talvez possamos pensar em outra palavra...

Depois o garotinho jogou o soldado na lareira. Sem motivo nenhum. Depois que o soldado voltou, dentro do peixe. O garoto o jogou no fogo.

Um demônio enfeitiçou o menino.

Não existem demônios.

Concordo. Tudo bem, vamos dizer que ele não gostou de ver que o soldado era diferente.

Você sempre diz "diferente" quando tem algo de errado com alguém.

Não gosto muito de uma expressão como "algo de errado com alguém".

Sabe o que é ainda mais bobo? Que a bailarina termina no fogo também.

Podemos falar sobre o que a palavra "destino" significa?

A bailarina tinha as duas pernas. A bailarina estava lá na estante. A bailarina não era "diferente".

Mas amava uma pessoa que era.
E o que tem de tão bom em ser diferente? Do jeito que você está falando, parece que é um prêmio.

O casamento dá uma guinada em seu vigésimo aniversário, quando o barco pega fogo.

Acontece durante as primeiras férias em que saem sozinhos desde que os filhos nasceram. Trevor está no primeiro ano em Haverford, Beth no penúltimo ano do ensino médio — já estão bem grandinhos a essa altura. E, segundo o agente imobiliário, com a cozinha reformada de maneira tão caprichada, eles podem conseguir uma fortuna pela casa.

Todos os motivos que tinham para ficar juntos estão evaporando. Estão tirando o tipo de férias que os casais tiram para salvar o casamento, o que geralmente significa que o mesmo já está acabado.

O veleiro fretado, com seus dez passageiros e três tripulantes, explode em chamas logo depois de deixar a costa da Dalmácia. Depois descobrirão sobre o marinheiro bêbado, o isqueiro Zippo, o vazamento no tanque de propano.

Num momento, estão tomando sol no deque. Ela vê uma nuvem que parece com o perfil de Franklin D. Roosevelt e a aponta para ele, pensando que isso é o que fazem os casais felizes; esperando que a interpretação da felicidade se transforme no sentimento real. Colabora, ou parece colaborar, o fato de estarem passando duas semanas com onze estranhos; de terem ouvido Eva Balderston dizer à irmã, Carrie, *Que casal encantador*, quando se retiraram após o jantar na noite anterior; de ter gente que acredita.

Ele está tentando identificar o perfil de Roosevelt na nuvem. Ela tenta não se importar por que ele não consegue, mesmo que esteja *na cara*. Ela se esforça para não pensar em tudo que o marido não consegue perceber no mundo. Ele sente o pânico por desapontá-la mais uma vez.

Está prestes a dizer o quanto aquilo era incrível quando, na verdade, só consegue enxergar nuvens normais...

No momento seguinte, ela está na água. Sabe que houve um estrondo, sente um clarão quente e ofuscante, mas isso lhe vem como uma lembrança. Ela passa a habitar uma nova impossibilidade e, por um momento, parece que tudo o que fez na vida foi nadar em água salgada, um campo cintilante azul-esverdeado, sereno e zombeteiro, no qual, a cerca de trinta metros, a silhueta negra do barco está suspensa em chamas, como um esqueleto numa tela laranja de raios x.

Um momento depois, a realidade começa a retornar.

Houve uma explosão. Parece que ela foi lançada para longe. A dor em seu braço esquerdo vem de um corte longo e preciso igual à borda de um envelope de papel pardo. O conceito de sangue e tubarões lhe vem à mente como um fato, mas apenas como fato, uma trivialidade que aprendera havia muito tempo, nada ameaçador de verdade. É como se estivesse se lembrando de alguma história que ouviu sobre algo terrível que ocorreu a uma mulher como ela.

Ela parece estar cercada por objetos flutuantes aleatórios: um pedaço do mastro com uma bola na ponta, um boné de beisebol, uma lata vazia de Coca Diet.

Parece não ver mais ninguém.

À medida que o barco dá início à sua descida sibilante água adentro, ela lembra que o marido não nada muito bem. Recusara o argumento do fisioterapeuta, que dissera que nadar era o melhor exercício para um amputado.

Ela fica surpresa ao perceber que está irritada com ele. A irritação passa, e ela olha ao redor outra vez, como se tivesse acordado num lugar desconhecido, onde não via ninguém mais além de si mesma.

Essa condição de distância e perplexidade continua enquanto se move para flutuar, sem saber o que fazer. E segue com ela quando o homem de cabelos escuros, que não fala inglês, lhe atrela o arreio que a ergue. Não a abandona até que se vê amarrada a uma maca num helicóptero, usando um colar cervical que permite apenas a visão de dois cilindros de ar comprimido pendurados por correias e uma caixa de metal branca com uma cruz vermelha.

De algum modo, a cruz vermelha significa (parece claro, ainda que inescrutável) que o marido está morto. Ela fica surpresa (a serenidade desconcertada do choque ainda não esvaneceu por completo) pelo urro penetrante e inumano que ouve. Não tinha a menor ideia que pudesse soltar um ruído como aquele.

Ele não vai conseguir explicar, pois não se lembrará, como acabou deitado na parte rasa de uma praia de areia branca quase um dia inteiro depois que o barco pegou fogo. Os médicos que o levam ao modesto hospital local dirão apenas que foi um "milagre", com um sotaque que faz a palavra soar como "me-la-grue".

A esposa é levada até ele de imediato. Quando entra no quarto do hospital, ele a olha com a tranquilidade casta, como a de um monge e, em seguida, chora tão descontrolada e desavergonhadamente quanto uma criança de três anos.

Ela se junta a ele na cama estreita e o abraça. Os dois compreendem. Vislumbraram um futuro onde, para cada um, o outro havia desaparecido. Sentiram o gosto da separação. E agora estavam de volta ao presente, onde acontecera uma ressurreição. Naquele exato momento, estão casados para sempre.

Lembra daquela história que você leu para mim?

Que história? Ei, você está levando o seu casaco da Britney Spears?

Eu gosto do meu casaco da Britney. Você sabe, aquela história.

Leio centenas de histórias para você. E você não usa esse casaco desde que tinha quinze anos.

A história do soldado de uma perna só.

Ah, sim. Por que se lembrou disso agora?
Talvez por estar saindo de casa.
Você não está saindo de casa. Vai para uma universidade a dois estados daqui. É uma viagem de seis horas. Essa sempre vai ser a sua casa.
Não vou usar o casaco da Britney, você acha que eu sou boba?
E o que tem a ver o soldado de uma perna só?
Eu sabia o que estava fazendo. Achei que deveria dizer a você que sabia o que estava fazendo. Agora que estou me mudando.
E o que acha que eu estava fazendo, querida?
Dã. Estava me contando sua história com o papai.
Se não vai usar o casaco, para que levá-lo então?
Por razões sentimentais. Uma lembrança dos meus dias de glória.
Seus dias de glória ainda estão por vir.
As pessoas sempre dizem isso. Onde queria chegar, me contando aquela história?
Não acho que estava tentando chegar a lugar nenhum. Era só uma história.
Era só a história de um sujeito que não tem uma perna e é seguido fogo adentro pela namorada bailarina?
Acha mesmo que eu estava tentando dizer algo sobre mim e seu pai?
Lembro de você me perguntar se eu sabia o que significava a palavra "destino".
Acho que eu só queria saber... se estava preocupada. Sobre seu pai e eu.
Claro que estava, porra!
Não gosto muito dessa palavra.
Vai me dizer que nunca percebeu que Trevor e eu sabíamos o quanto vocês eram infelizes? Mas parece que você está melhorando.
Deixe o casaco aqui, tudo bem?
Sou perfeitamente capaz de mantê-lo a salvo, sem a ajuda de ninguém, no meu dormitório. Esse casaco não precisa acabar na Casa de Segurança.

Quer saber a verdade? Nem sei mais do que estamos falando.
Estamos falando de uma bailarina de papel que tinha duas pernas boas, mas ainda assim voou lareira adentro.
É bobeira colocar na mala uma roupa que você nunca vai usar. Esses quartos de dormitório têm um espaço extremamente limitado.
Tudo bem, vamos deixar o agasalho aqui. Vamos deixar tudo aqui.
Por favor, não seja tão melodramática.
Trevor já foi embora. Eu vou amanhã.
E continua a dizer isso porque...
Aquela história era sobre a bailarina de papel. Ela não tinha um destino. Só o soldado de uma perna tinha.
Quer ler aquela história comigo outra vez?
Prefiro comer cocô.
Tudo bem, então.
Vou deixar o casaco aqui. Vai ficar mais seguro.
Ótimo. É bom ouvir que estou certa quanto a alguma coisa. Alguma coisinha. Uma vez ou outra.

Agora estão na casa dos sessenta.

Ele ainda vende carros. Ela voltou à advocacia, sabendo que estava velha demais e, ao mesmo tempo, tinha pouca experiência, o que jamais a levaria além do nível de colaboradora. O escritório andava bem o bastante a ponto de ter espaço para uma figura materna com certa competência, durona, mas compassiva. Ela não está ali só para litigar, mas também para ser maliciosa e irreverente diante de homens cujas mães tendiam a ser cerimoniosas, polidas e animadas quase ao ponto da loucura.

Ela se incomoda, mais do que achou que se incomodaria, por aparentar ser a velhinha mal-humorada e cativante aos olhos dos outros.

Ele está preocupado com as vendas. Ninguém mais quer comprar carros americanos.

Hoje à noite os dois ficaram em casa, como fazem na maioria das noites.

Ele se tornou a única pessoa para quem ela ainda é visível, que sabe que nem sempre ela foi velha. Beth e Trevor a amam, mas desejam que ela seja, que sempre tenha sido, uma avó: confiável, inofensiva e com uma paciência infinita.

A surpresa que surge a seguir é o verdadeiro declínio. A surpresa depois desta é a mortalidade, primeiro um, depois o outro.

A terapeuta dela a encoraja a não pensar assim. Ela se esforça ao máximo.

Ali estão eles, na sala de estar. Acenderam a lareira. O filme ao qual estavam assistindo na televisão de tela grande acabou de terminar. A prótese dele (de titânio, bela à própria maneira, nada parecida com o apêndice grotesco da cor de *band-aid* dos dias de faculdade) está ao lado da lareira. Enquanto os créditos finais sobem, os dois permanecem sentados juntos, como companheiros, no sofá.

— Me chame de antiquada, mas ainda gosto de filmes com finais felizes — diz ela.

Vendo os créditos passarem, ele se pergunta: *Será que chegamos a nosso final feliz?*

Parece feliz o bastante, em seu modo doméstico e modesto. E já passaram por alguns finais felizes.

Houve aquela noite no quarto da fraternidade, há quarenta anos, quando ele tirou a roupa e revelou o dano que lhe fizeram; quando ela não insistiu, como muitas garotas antes dela, que não era nada de mais. Há o fato de que não fizeram sexo até a noite seguinte. Quando fizeram, ele já estava meio apaixonado, pois ela conseguia olhar para ele e compreender sua perda.

Aquele foi um final feliz.

Houve a visão dela entrando naquele quarto de hospital, e a percepção súbita e surpreendente de que não queria ver ninguém mais com tanta urgência quanto queria vê-la. Que apenas ela poderia tirá-lo dali e levá-lo para casa.

Houve a noite em que Trevor se assumiu gay para ele, na festa de noivado de Beth, entre conhaques e charutos; a noite em que percebeu que o filho decidira contar primeiro ao pai (a irmã ou a mãe normalmente não são as primeiras a saber?); a oportunidade que Trevor lhe deu de abraçar o filho, que tremia de medo, e tranquilizá-lo, dizendo que não fazia diferença, de sentir a cabeça preocupada do filho aninhada em seu peito, cheia de gratidão.

Esse foi mais um final feliz.

Poderia citar vários outros. Durante um acampamento, quando o primeiro raio incidiu sobre o Half Dome, ele percebeu que Beth, com quatro anos, estava compreendendo a terrível claridade da beleza pela primeira vez. Uma tempestade repentina encharcou a família inteira e eles começaram a dançar, chutando as poças.

Tem também a mensagem de Beth, enviada há menos de uma hora, uma *selfie* dela com o marido, Dan, na cozinha de casa, numa noite comum (o bebê já devia estar dormindo), com as cabeças coladas uma à outra, sorrindo para o iPhone, e apenas as três letras, *bjs*.

Não foi pedido a Beth que enviasse aquela mensagem, não numa noite aleatória e ordinária. Não estava fazendo o que esperavam dela. Simplesmente queria se mostrar, ela e o marido, para a mãe e o pai, para que soubessem onde estava e com quem. Parece que isso é importante para ela, a filha caçula do casal, aquela mais difícil e inclinada a discussões. Parece que tem vinte e quatro anos, está num casamento feliz (por favor, Beth, continue feliz mesmo que não continue casada); parece que ela quer dizer onde está para, e por, seus pais. Parece que ela sabe o que esperar das noites futuras; como não há maneira de determinar sua natureza, mas que provavelmente não seria má ideia transmitir um fragmento desta noite, quando ainda é jovem e apaixonada por sua vida, quando ela e Dan (com seu restolho de barba, óculos, encantado pela esposa, talvez até de maneira perigosa) colocaram o bebê para dormir e prepararam juntos o jantar em seu apartamento, que é pequeno demais, em New Haven.

Finais felizes. Tantos que não dá para contar.

Tem os dois no sofá, com o fogo aceso na lareira e sua mulher dizendo *Hora de dormir*, e ele concordando que é mesmo hora de dormir, dentro de alguns minutos, depois que o fogo se consumir.

Ela levanta para remexer as últimas brasas. Espalhando-as, ela vê, pode jurar que vê... *algo* nas chamas que morrem, algo pequeno e com vida, uma minúscula esfera do que só pode pensar como sendo vida. No instante seguinte, transforma-se em mero fogo.

Ela não pergunta se ele também viu. Mas a essa altura os dois já são telepatas o suficiente a ponto de ele dizer que sim, mesmo sem saber direito com o que estava concordando.

FERAS

Obviamente você já esbarrou com a fera. Ele está bem à sua frente na loja de conveniência, comprando cigarros e um Slim Jim, flertando com a moça jamaicana do caixa, que está visivelmente incomodada. Arrasta-se pelo corredor do trem G a caminho do Brooklyn, com seus antebraços vigorosos cobertos de tatuagens. Grosseiro e sob efeito de coca, ofensivo, mas divertido, a fera está recebendo toda a atenção na reuniãozinha que sua amiga insistiu para que fossem — e que você concordou em ir porque não está pronta, não ainda, para ser o tipo de garota que se recusa a sair.

De repente, você está se oferecendo para ele.

Isso porque está cansada dos garotos que a querem conhecer antes de dormir com você ("dormir com você" é a expressão que usam); os garotos que perguntam, quase como um pedido de desculpa, se gozaram rápido demais; que ligam no dia seguinte para falar que se divertiram bastante.

Ou então porque está começando a se preocupar que certo trem esteja prestes a partir; que, embora esteja disposta a embarcar num trem diferente, um com destino ao casamento e à maternidade, este talvez leve seus passageiros para um reino verdejante e tranquilo do qual poucos retornam; que os poucos que tentam voltar descobrem que o que pareceram apenas algumas horas para eles foram, na verdade, vinte anos em casa; que se sentem grotescos e desesperados em festas que, podiam jurar, os desejaram, os apalparam e os cutucaram com o nariz, uma ou duas noites atrás.

Ou porque acredita, realmente acredita, que pode desfazer o dano que outras provocaram ao cara bonitão, tenso e castigado, com os cigarros e o Slim Jim, ou ao rapazinho sério do metrô, ou ao garoto loquaz e cínico, de fala rápida, que olha para os outros como se dissesse *Você é um cuzão ou um idiota?*, como se só existissem essas duas categorias.

Bela era a mais velha de três irmãs. Quando o pai das meninas foi à cidade a trabalho e perguntou às filhas o que queriam de presente, as duas irmãs mais novas pediram roupas: meias de seda, anáguas, laços e fitas.

Bela, no entanto, pediu apenas uma rosa, uma rosa como qualquer outra, que poderia ser cortada de meia dúzia de arbustos ou mais, num raio de quinze metros da cabana da família.

O que queria dizer era: *Traga de sua viagem algo que eu poderia obter por aqui. Meu desejo por riquezas é depurado de qualquer cobiça pelo fato de que eu mesma poderia realizá-lo, em minutos, com uma tesoura de jardinagem. O que me toca é o esforço, não o objeto; um pedido por algo raro e precioso só pode acabar transformando devoção em incumbência.*

Estaria ela também dizendo: *Acha mesmo que um vestido ou um laço de cabelo podem ajudar? Acha que podem melhorar os cerca de dez homens que, muito mal, podem ser considerados aceitáveis no vilarejo, ou alterar a esperança modesta de que eu não acabe casando com Claude, o açougueiro de porcos, ou Henri, com seu braço murcho? Acredita que uma anágua possa servir de compensação para nossa falta de opções?*

Prefiro ganhar só uma rosa.

O pai não entendeu nada daquilo. Apenas ficou surpreso e decepcionado pela modéstia do pedido de Bela. Vinha economizando para aquela viagem; finalmente havia encontrado um comprador em potencial para sua revolucionária máquina de ordenhar. Depois de um longo tempo, ele enfim era um homem com uma reunião marcada. Gostava da ideia de voltar de uma viagem de negócios tão cheio de riquezas quanto um rajá.

É só isso que você quer, Bela?
Só isso.
Tem certeza? Não vai ficar triste quando Cheri e Madeline estiverem experimentando seus vestidos novos?
Não. Vou adorar a rosa.

Não havia sentido em explicar que Cheri e Madeline eram fúteis; que as roupas que trouxesse para elas estariam destinadas a serem vestidas uma ou duas vezes, em festas do vilarejo, e ficarem guardadas numa gaveta, para serem examinadas com melancolia de vez em quando, depois que seus maridos e filhos as mantivessem presas em casa; depois que as sedas e crinolinas estivessem tão salpicadas com buracos de traças que mal poderiam ser usadas, de qualquer maneira.

Tudo o que Bela receberia, então, seria uma rosa. Ela, que era dona de uma mente mais aguçada e menos sentimental que a das irmãs. Ela, que sabia não haver sentido em adquirir qualquer coisa que já não tivesse, pois não havia futuro que não pudesse ler nas ruas cobertas de bosta do vilarejo, nos sorrisos lascivos do limpador de chaminés ou no silêncio esperançoso do filho do moleiro.

Tudo bem, então. Uma rosa era tudo o que queria. Uma rosa era tudo o que iria ganhar.

No caminho de volta de sua viagem à cidade (a reunião com o comprador não tinha ido bem), o pai parou na beirada de um castelo cercado por jardins suntuosos. Afinal, precisava colher uma rosa que crescesse perto do vilarejo. Caso contrário, não teria nada para dar a Bela além de um talo e algumas folhas murchas.

Resmungando, irritado pela modéstia perversa e hostil da filha (mas também aliviado por ela não lhe custar um dinheiro que agora sabia que não receberia), tirou uma rosa de uma moita particularmente abundante. Uma rosa entre milhares.

Mas errou de castelo. Errou de roseira.

A fera atacou o pai. A fera tinha mais de dois metros e meio, um híbrido de lobo e leão, com olhos vivos e sanguinários e braços, maiores que a cintura do pai, peludos. A fera era ainda mais ameaçadora pelo fato de vestir um colete sobre uma camisa com babados.

Proclamou que roubar rosas era um crime capital. Ergueu a pata, que mais parecia um buquê de adagas. Estava prestes a arrancar o rosto do pai de seu crânio, e dali seguir corpo abaixo.

Por favor, senhor, a rosa era para minha filha.

Roubo é roubo.

Imagine uma voz como um cortador de grama passando sobre cascalhos. Tente não pensar no hálito da fera.

Ela é a garota mais linda e inocente do mundo. Ofereci-me para comprar qualquer coisa que quisesses, mas tudo o que ela pediu foi uma rosa.

A fera parou para refletir.

Podia pedir qualquer coisa e escolheu uma rosa?

Ela é uma garota incomum. Eu a amo tanto quanto amo a vida.

A fera abaixou a pata, empurrando-a com força para dentro do bolso do casaco, como se quisesse evitar que atacasse por iniciativa própria.

Vá para casa, então. Diga adeus à sua filha. Dê a rosa a ela. Depois, volte aqui e renda-se a sua punição.

Assim farei.

Se não voltar até esta hora amanhã, vou caçá-lo e matarei suas filhas antes de matá-lo.

A fera se virou e voltou a passos largos para o castelo, suas pernas grandes e potentes como as de um bisão. Agarrando a rosa, o pai saltou sobre o cavalo e foi embora a galope.

Chegando em casa, o pai contou a história às filhas e disse que partiria no dia seguinte, ao amanhecer, para ser esfolado pela fera.

As filhas mais novas lhe asseguraram que tudo não passava de um blefe. A fera não tinha como saber onde moravam. Nada mais era do que um psicopata. É fácil fazer ameaças; a fera certamente já estaria envolvida com outras alucinações. Naquele exato momento, provavelmente estaria buscando quem sussurrava obscenidades de dentro dos armários, ou por que os móveis continuavam a mudar de lugar.

E então, papai, podemos ver o que trouxe para nós?

Ah, sim, mas é claro...

Ele começou a remover os pacotes de seu alforje.

Só Bela sabia que a fera iria caçá-los e matá-los. Só Bela compreendia o que uma única rosa podia significar, que atos podia inspirar, quando alguém vivia sem esperança. Caso fosse uma fera confinada num castelo, ou uma garota confinada num vilarejo obscuro e nada próspero.

Assim, depois da meia-noite, enquanto o pai e as irmãs dormiam, Bela escapuliu para o estábulo, montou no cavalo do pai e lhe disse para levá-la ao castelo da fera. O cavalo, também uma fera, mostrou-se mais do que disposto a obedecer.

Parecia um ato de autossacrifício extremo. E não deixava de ser verdade. Mas também era verdade que Bela preferia o que quer que a fera lhe pudesse fazer a passar mais um dia cuidando de gansos, a mais uma noite bordando.

Também era verdade que esperava que o pai pudesse vir em seu resgate, quando acordasse pela manhã e não a encontrasse ali. Ela fantasiava imagens do pai enfrentando a fera — o pai que fora a fera da juventude dela, enorme e com os cabelos arrepiados; o pai, que fora ostensivamente bondoso e gentil mesmo quando Bela, que não se deixava cegar pela ingenuidade das irmãs, entendeu o esforço exigido para evitar certos atos que ele poderia muito bem ter cometido, estando a mãe das meninas ausente e a salvo sob sua cruz no cemitério.

Enquanto o cavalo a conduzia pelos campos noturnos e pelos pântanos chilreantes até o castelo da fera, Bela refletiu sobre a batalha que estaria inspirando. Sentia (e por que negar isso?) certo prazer em imaginar quem iria reivindicá-la: seu pai ou a besta?

De fato, o pai ficou aflito quando, na manhã seguinte, descobriu que sua filha mais velha partira ao encontro da fera. Ainda assim, não deixou de pensar que fora o desejo dela pela rosa que não apenas causara esse problema, mas que também era, à própria maneira, uma forma insidiosa de vaidade. Bela queria ser a menina pura e perfeita. Estava sujeita à arrogância das freiras.

Ele se sentiria eternamente atormentado por permitir que ela tomasse seu lugar. Mas foi o que fez. Ao longo do tempo, descobriria novas e variadas maneiras de culpar a filha. Mergulharia com certa sensibilidade em uma imagem de si mesmo como um homem terrível, um homem sem coração, que se mostraria, ao longo do tempo, um homem mais fácil de ser.

Desde o momento em que chegou ao palácio da fera, Bela foi muito bem tratada. As refeições serviam a si próprias, as lareiras se acendiam alegremente quando entrava em qualquer lugar. Braços infantis, manifestações das paredes de gesso, ofereciam candelabros acesos para guiá-la pelos corredores crepusculares.

Levou menos de dois dias para entender que o pai não viria a seu resgate; que ele estava grato pela própria salvação; que uma velhice sem perigos ao lado de duas das três filhas (contava que as duas se preocupariam com suas articulações doloridas, e perguntariam se ele precisava de mais um travesseiro) lhe era suficiente.

Bela passou então a viver sozinha com a fera em seu castelo.

Ele sempre se mostrou cortês e gentil. Nenhum tipo de sexo lupino foi infligido à garota inocente sobre a enorme cama, na qual dormia sozinha. Bela não se viu empalada sobre um membro vermelho vívido, com pouco mais de meio metro de comprimento; não recebeu lambidas de um modo mais carnívoro que carnal; não foi sujeita a uma luxúria que nada tinha a ver com o próprio prazer.

Ficou, obviamente, aliviada. Relutava em admitir para si mesma que também ficara, de um modo sombrio e secreto, desiludida.

Os dias e as noites tomaram uma estranha, mas palpável regularidade. Durante o dia, a fera fingia se ocupar de tarefas em partes remotas do castelo. À noite, depois de sentar com Bela enquanto ela jantava, ele irrompia pelos corredores, resmungando, até chegar a hora de se aventurar pela floresta, rasgar a garganta de um cervo ou de um javali e devorá-lo.

Bela só descobriu isso quando coincidiu de olhar pela janela do quarto durante uma noite insone, já tarde. A fera acreditava que matava seus animais em segredo. Não entendia a capacidade de Bela para aceitar o fato de que, como todo mundo, ele era atormentado, mas também precisava comer.

Ele era, e ao mesmo tempo não era o que ela esperava. Sabia, é claro, que seria selvagem, perigoso e fétido. Não antevira aquela rotina animalesca, mas também atenciosa.

Ainda que Bela tenha ficado surpreendentemente decepcionada com o comportamento imaculado da fera, e com a discrição no que dizia respeito a seus hábitos menos apresentáveis, ela desenvolveu, ao longo do tempo, uma leve, mas persistente, afeição por ele. Não pelo fedor de zoológico, de estrume misturado a raiva; não pela visão de garras maiores que pregos, lutando para segurar um cálice de vinho. Ela passou a apreciar a determinação dele em agir de maneira bondosa e terna, em ser generoso e verdadeiro, como se Bela fosse uma esposa há muito casada com um homem cujos desejos carnais o haviam abandonado, junto a seu amor próprio juvenil, mas que temia, acima de qualquer coisa, perder o afeto da esposa enquanto ela convivia com sua versão mais domesticada. Bela nutria sentimentos inspirados pela gentileza que a fera se forçava a evocar, pela gratidão perceptível em seus olhos inumanos quando a encarava, pela condição de corajosa desesperança que era a vida dele.

Finalmente, depois que os meses se passaram, com a sucessão que mantinham de dias e noites idênticos — a distraída ocupação de Bela com o bordado inútil, os jantares nos quais não havia nada a ser dito — a fera sugeriu que voltasse para casa. Ele se ajoelhou diante dela, como um alce alvejado por flechas, e disse que havia errado em mantê-la ali, que estivera sob o efeito de algum tipo de fantasia sobre o poder do amor, mas que, para ser sincero, o que estava pensando? Acreditava mesmo que uma garota bonita, que chegou a ele contra sua vontade, poderia amar um monstro? Fora ludibriado por histórias que ouvira sobre garotas que adoravam criaturas disformes e apavorantes. Não levou em consideração o que poderia haver de errado, em casos como esses, com as próprias garotas.

Bela não conseguia achar um modo de lhe dizer que, fosse ele menos educado, caso houvesse oferecido a ela uma sensação mais forte de ameaça, talvez a coisa pudesse ter funcionado. Perguntava a si mesma por que tantos homens acreditavam que a submissão era o que conquistava o coração das mulheres.

Mas ela e a fera não haviam desenvolvido quaisquer hábitos de franqueza, e agora era tarde demais para começar. Ela aceitou a oferta da fera e escapuliu. Lamentava ter de abandoná-lo, mas não conseguia se forçar a abraçar um futuro tão recatado, tedioso, sem qualquer desafio, isolada num castelo — por mais obsequioso que fosse, por mais que se acendessem as lareiras e que refeições fossem servidas —, tendo como companhia um monstro obcecado por contemplar os próprios pecados. Fugiu porque a vida no castelo da fera podia ser mais confortável, mas não, bem no cerne da questão, diferente da vida que levava em casa.

De volta ao vilarejo, no entanto, ficou surpresa quando constatou que não sentia qualquer sensação de estar em casa. Ficou feliz, ou feliz o bastante, em rever o pai e as irmãs, mas o pai ainda era o homem que não a seguira até o castelo da fera para lutar por ela. As irmãs haviam se casado com os homens aos quais estavam destinadas: um pedreiro e um vendedor de ferragens, homens prosaicos, que exerciam seus trabalhos sem reclamações nem paixão, que gostavam de ver o jantar servido às seis em ponto, e que cambaleavam dos *pubs* de volta para casa tarde da noite e tratavam de fazer mais filhos. A irmã do meio de Bela já tinha dois; a caçula amamentava o primeiro, com um segundo a caminho.

O mais surpreendente, porém, foi o fato de Bela ter ganhado certa reputação no tempo em que estivera fora.

Embora a verdadeira história do período em que passou com a fera não tenha se tornado pública, ninguém acreditou na versão do pai, que contou que ela partira repentinamente para um convento. Os aldeões concordaram que Bela estaria aprontando em algum lugar remoto e alheio e que, assim que algum duque ou conde se cansasse dela, ou depois que se tornasse familiar demais para ser a estrela da casa de tolerância, se iludiria a ponto de achar que poderia voltar, como se nada tivesse acontecido. Agora que Bela estava de novo em casa, até mesmo os melhores pretendentes dentre os homens ainda solteiros (o padeiro sujeito a imprevisíveis ataques de raiva, o criador de coelhos vesgo e com um tique) — até mesmo esses tristes espécimes — se mostravam relutantes diante de uma garota com um passado que claramente precisava ser encoberto.

Até que, numa noite, já tarde, Bela apenas cavalgou de volta para o castelo da fera (qualquer explicação teria sido constrangedora). Pelo menos ali a queriam. Pelo menos ali era amada. Pelo menos a fera não via motivos para ela se envergonhar.

Quando chegou, no entanto, encontrou o castelo escuro e deserto. As portas imensas se abriram com facilidade, mas os candelabros nas paredes não se acenderam à medida que avançava pelos corredores. Os rostos de querubins que adornavam as cornijas nada mais eram que madeira entalhada e morta.

Ela encontrou a fera no jardim, coberta de ervas e rançosa, com as cercas vivas lançando ramos feito pensamentos desesperados e irracionais. A fonte, seca, estava toda tomada por rachaduras.

Ali, deitado sobre os paralelepípedos diante da fonte árida, estava a fera.

Bela se ajoelhou a seu lado. Embora ele já estivesse fraco demais para falar, ela ainda conseguia enxergar uma centelha em seus olhos amarelos.

Ela levantou, com dificuldade, uma das patas em suas pequeninas mãos. Num sussurro, como se fosse um segredo, falou que só percebeu que o amava quando ficou longe dele. Não estava mentindo, não exatamente. Realmente o amava, de certo modo. Sentia pena dele, de si mesma, e sofria pelos dois — almas que pareciam ter se perdido de maneira tão fácil e acidental.

E se ele pudesse ser curado, se pudesse ser trazido de volta da beira da morte...

Bela adorava a imagem de si mesma virando a cara, cheia de si, para a escória de aldeões que desejava tê-la; adorava a ideia de dizer não ao padeiro e ao criador de coelhos e ao viúvo de olhos opacos cuja casa, antes respeitável, tombava em suas bases, lançando telhas sobre a praça do vilarejo.

Seria a noiva da fera. Moraria em seu castelo. Não se importaria com os sussurros dos fuxiqueiros e fofoqueiros.

Com um tom de voz suave, falou no ouvido peludo da fera, maior que uma luva de beisebol, que se conseguisse tornar à vida e se erguer de novo, ela se casaria com ele.

Os resultados foram instantâneos.

A fera saltou com o fervor de um leão. A fonte tornou a jorrar água.

Bela deu um passo para trás. A fera lançou um olhar carinhoso em sua direção. Olhava para ela com uma gratidão que era ao mesmo tempo maravilhosa e, de certa forma, horrível de ver.

Em menos que um instante, a pele da fera se abriu feito uma crisálida. As garras e presas caíram. O fedor selvagem evaporou.

E ali está ele.

É fascinante. Robusto, com o rosto quadrado e estourando de músculos.

O príncipe fica parado em meio ao emaranhado de pelos e garras que caíram e sujam os paralelepípedos. Olha maravilhado para seu corpo restaurado. Flexiona suas mãos humanas, testa a elasticidade de pernas que não são mais como o quadril de um animal.

O feitiço foi quebrado. Teria Bela suspeitado o tempo todo? Ela irá acalentar a ideia de ter intuído tudo aquilo, de ser uma garota capaz de descobrir os mecanismos de um encanto, mas nunca saberá ao certo.

Bela aguarda sem fôlego, extática, o momento em que o príncipe recém-evocado a tome em seus braços. Mas antes ele tem de verificar seu reflexo na água, que já ondula na fonte ressuscitada.

Funcionou. Ele conseguiu. Seduzira uma mulher linda e a fizera se prometer a uma alma escondida — para todos os demais além dela — por trás de uma forma desfigurada.

O peito lívido de Bela palpita de expectativa.

O príncipe se vira lentamente do próprio reflexo e abre para ela um sorriso lascivo e bestial; um sorriso predatório e devorador. Embora seu rosto seja impecavelmente bonito, há algo de errado nele. Os olhos permanecem selvagens. A boca ainda parece capaz de rasgar a garganta de um cervo. Ele quase poderia ser o irmão mais novo e mais bonito (muito mais bonito) da fera, como se seus pais tivessem gerado um filho deformado e depois outro, lindo e perfeitamente proporcional.

De repente, Bela começa a pensar. Seria possível que o encanto da fera tivesse o intuito, em tempos remotos, de protegê-lo? Teria o príncipe sido aprisionado sob a forma de um monstro por motivos decifráveis?

Ela recua. Com um sorriso vitorioso, emitindo um rosnado baixo de triunfo, ele avança.

SEUS CABELOS

Após a bruxa ter se dado conta...
… após ela ter cortado os cabelos de Rapunzel… após o príncipe ter caído da torre em cima do espinheiro que arrancou seus olhos…

Ele perambulou pelo mundo à procura dela, montado em seu cavalo. Não levou mais ninguém consigo além do cavalo.

Bateu em milhares de portas. Cavalgou pelas ruas dos vilarejos e por estradinhas rurais, gritando o nome dela. O nome dela era estranho o bastante para que os aldeões e fazendeiros pensassem que ele fosse louco. Nunca lhes passou pela cabeça que estivesse procurando uma pessoa de verdade.

Alguns foram cooperativos. *Tem um rio lá na frente, mas cuidado com o buraco na subida.* Alguns jogaram pedras nele, outros estalaram suas chibatas contra os flancos castigados de seu cavalo.

Ele não parou. Procurou por um ano.

Até que finalmente a encontrou…

Ele a encontrou na cabana deserta na qual a bruxa a havia aprisionado… ele a encontrou morando sozinha, com redemoinhos de poeira girando cortina adentro, com moscas maiores do que a poeira…

Ela soube que era ele no instante em que abriu a porta, embora àquela altura ele estivesse irreconhecível, pálido e acabado, com os trajes em farrapos.

E havia aquelas cavidades negras e vazias, do tamanho de ovos de corvo, no lugar onde antes ficavam seus olhos.

— Rapunzel. — Foi só o que disse.

Uma palavra que já dissera diante de milhares de soleiras, e fora mandado embora milhares de vezes, com crueldade ou bondade, por ter se tornado aquela criatura destituída e insana. Como ele bem descobriu, existe uma linha surpreendentemente tênue entre um príncipe numa missão de busca e um viajante caruncoso e sem olhos, que nada mais tem a oferecer a não ser aquela única e incompreensível palavra.

Ele acabou descobrindo a condição dos ignorantes; ele, que um ano antes era suntuoso e esplêndido, grande e valente, escalava, mão após mão, por uma corda de cabelos dourados.

Quando finalmente parou diante da porta dela, tendo sentido a presença de uma casa, tendo encontrado o caminho depois de tatear pelas tábuas cheias de lascas até tocar um batente...

Quando ela esticou o braço para tocar sua mão sarnenta e ensanguentada, ele reconheceu aqueles dedos um momento antes de fazerem contato com sua pele, como um cão sabe que seu dono está se aproximando, mesmo a um quarteirão de distância. Ele soltou um gemido selvagem, que poderia ser tanto de êxtase quanto de uma dor insuportável, como se existisse um ruído que pudesse transmitir as duas coisas ao mesmo tempo.

Ele não podia chorar. Faltava-lhe o aparato necessário para tal.

Antes que Rapunzel e ele partissem para seu castelo, ela deu uma desculpa rápida, correu até a cabana e tirou o cabelo da gaveta da escrivaninha, onde o mantivera pelo último ano, enrolado em um tecido, tão protegido e escondido quanto a prataria da família.

Não tinha olhado para o cabelo, nem uma só vez, desde que a bruxa a levou à cabana.

E se tivesse perdido seu brilho e esplendor? E se estivesse infestado de ácaros? E se parecesse simplesmente... morto... como um artefato em algum pequeno museu local?

Mas ali estavam elas, duas madeixas de seis metros de comprimento, louro-avermelhadas, entrelaçadas, brilhantes, saudáveis como um gato bem alimentado.

Ela colocou o cabelo na bolsa antes de partir com o príncipe.

Os dois moram no castelo agora. Toda noite o príncipe deita ao lado dela e acaricia seus cabelos, que ela mantém ao lado da cama… que ela lava e perfuma… que retira discretamente, enquanto o príncipe procura o caminho da cama.

Ele enterra o rosto nos cabelos dela. Às vezes ela reflete: por que ele não pergunta como o cabelo ainda cresce em sua cabeça? Ele não viu que a bruxa o cortou? Seria impossível acreditar que teria crescido de novo em apenas um ano.

Ainda assim, sem olhos e com o rosto coberto pelos cabelos dela, o príncipe emite (embora com uma frequência cada vez menor) aquele uivo terrível, aquele protesto de revelação e perda, aquele miado tão hesitante quanto o de um gatinho, mas ao mesmo tempo alto como o rugido de um leopardo.

Parece que ele esqueceu ou então prefere não recordar. Assim, ela nunca o lembra de que os cabelos não estão mais presos à sua cabeça… que não é mais algo vivo… que é uma recordação que mantém intacta, que ela mantém no presente, apenas para ele.

Por que ele iria querer saber?

PARA/SEMPRE

Era uma vez um príncipe que vivia num castelo sobre um monte, debaixo de um céu iluminado pelo azul real da enseada. Disposta ao longo da ladeira que conectava o castelo até a enseada ficava uma cidade onde os carpinteiros faziam mesas e cadeiras altamente cobiçadas, e os padeiros assavam bolos e tortas que as pessoas viajavam uma boa distância para comprar. Toda manhã, os pescadores locais arrastavam para a terra redes cheias de cintilantes peixes prateados; toda noite, o cheiro de peixe na grelha tomava o ar. A avenida que marginava a enseada era iluminada por cafés e tavernas, de onde música e risadas eram levemente carregadas pelo vento por toda a cidade até chegar à floresta, onde lebres e faisões, de vez em quando, paravam para ouvir.

Ao completar dezoito anos, o príncipe se casou com a princesa de um reino próximo e menos próspero; um reino no interior, construído havia séculos junto a um rio seco; um lugar onde o solo calcário produzia apenas repolhos, nabos e outros vegetais substanciosos, mas pouco atraentes; onde todos os cafés fechavam às nove e os artesões locais não produziam nada além de pesados e abrutalhados cobertores e camisolas de lã, que eram oferecidos como a melhor defesa contra os ventos glaciais que sopravam da geleira no alto da montanha.

A mão da princesa foi pedida em nome do príncipe pelo rei, em troca de proteção contra o dia em que o reino da princesa mandasse seus soldados — fracos e descarnados pela dieta escassa, porém ainda mais perigosos pela sensação infinita de privação — carregando arcos e montantes para o verdor e a abundância do reino na enseada, reivindicando-o como seu por direito.

O pai da princesa concordou. Em parte, porque tinha pouquíssima confiança no próprio exército, faminto e taciturno, e em parte porque a princesa em questão, a mais velha de suas três filhas, a mais desprovida de encantos tradicionais, aos vinte e dois anos ainda não havia recebido nenhuma outra proposta, mas que por lei deveria estar casada antes que fosse permitido o casamento das irmãs mais novas, ambas (o que o rei via como uma piada cruel) graciosas e adoráveis.

De início, o casamento não correu muito bem. O príncipe reconheceu seu dever e o cumpriu. O mesmo fez a princesa. Ela, que era qualquer coisa menos bonita, não precisava de ilusões sobre como o negócio fora acertado, sobre como fora jogada para cima de um marido que iria, segundo acreditava, executar suas funções conjugais por mera formalidade e depois mergulhar em sua verdadeira vocação amorosa com criadas, duquesas e a meretriz ocasional, contrabandeada da cidade.

Como acabou ficando evidente, ela estava equivocada.

Ainda que durante o casamento (que foi também o primeiro encontro entre os dois) e no período posterior a ele tenha parecido uma pessoa falsa e que vivia de pose — um príncipe que aparentava ter sido instruído de maneira canhestra em como se comportar como príncipe (*Levante um pouquinho a cabeça. Não, não tão alto; fale num tom de comando... Não, não é a mesma coisa que gritar...*) —, ele logo provou que não era, conforme ela esperava, enganosamente confiante em relação às habilidades que não tinha. Era bonito, muito mais bonito que ela, mas sua beleza era frágil e efêmera, que marejava os olhos; era um daqueles rapazes delicados sobre os quais, quando chegavam aos cinquenta, os outros sussurravam em tons de escandalizada satisfação: *Você não vai acreditar, mas ele era lindo antigamente.*

Mas o que era mais inesperado... ele era uma pessoa tão nervosa e insegura que não conseguia se imaginar como rei, embora se tornar rei fosse algo tão inevitável quanto a própria morte. Tudo isso confessou para ela, de imediato, na noite do casamento. Não pareceu lhe ocorrer que um temor pudesse permanecer velado, que a ansiedade pudesse ser mascarada.

De sua parte, ele se sentiu inicialmente decepcionado por ela, mas logo depois, se surpreendeu.

Quando apareceu diante dele pela primeira vez, na noite do casamento, o vestido nupcial, embora criativo, não conseguiu disfarçar sua robustez, o grande domo de sua testa ou o apóstrofo atrofiado de seu nariz. Podia muito bem ser uma barca, guiada pelo pai com a firme determinação de comércio pelo corredor da igreja. Aquele, então, seria o rosto, aqueles seriam os ombros másculos e os quadris largos que ele veria, todos os dias, pelo resto de sua vida.

Ainda assim, na noite de núpcias, quando ficaram a sós no quarto real... Digamos que não era possível ela ser a virgem que a tradição e a propriedade exigiam que fosse. Não seria capaz de inventar truques como aqueles sem antes ser instruída. Quem saberia quantos cavalariços ou quantos escudeiros teria empurrado sobre montes de feno ou relvas isoladas?

Ele gostava não só das revelações da carne — ele que era tão virginal quanto a esposa deveria ser —, mas também da evidência de que ela se comportara mal. Também gostou da primeira visão que teve da nudez dela. Era atarracada, mas firme, e seu corpo cheio de curvas e montes brancos e acetinados. Naquela primeira noite, constrangida, ela explicou o que ele deveria fazer. E ele, que não tinha experiência, ficou mais que feliz em obedecer; ele, que encarava um futuro em que precisaria dar ordens, em que os outros o olhariam, esperando que tomasse uma decisão, todas as decisões, o tempo todo.

O rei morreu logo depois, pisoteado numa caçada pelo próprio cavalo, que considerava seu companheiro mais leal. Para seu horror, o príncipe foi condecorado rei três semanas antes de seu décimo nono aniversário.

Ela foi se apaixonando, tomada por uma estranha sensação de impotência, como se o marido e ela tivessem contraído a mesma doença ao mesmo tempo. Ficava ansiosa para que chegasse a manhã, quando o veria grogue, mas amável ao acordar (ele gostava de ser abraçado, só por alguns minutos, antes de se levantar e tratar de suas obrigações reais); ela gostava de conversar com ele à noite, depois do despacho dos deveres, sobre tudo: desde as pequenas particularidades do dia ao amor que sentia por um poeta local, morto recentemente, cuja obra o novo rei poderia citar de cor. Ela ficou surpresa (e estranhamente, ainda que apenas por um breve período, desapontada) ao descobrir que estava errada sobre as criadas e meretrizes; que ele pretendia voltar toda noite para a cama que compartilhavam; que não deixava de se maravilhar com a disposição dela em dar ordens (*Segure, fique firme, relaxe. Sei que dói um pouco, mas se entregue, a dor moderada tem suas recompensas...*).

Nos meses após a coroação, cada vez mais se tornava impossível para ela acreditar que ele subestimasse sua inteligência (ela era, de fato, inteligente). Tornava-se cada vez mais evidente que ele valorizava mais as opiniões dela que as de seus conselheiros (ela, cujas únicas funções oficiais eram manter a paz e produzir herdeiros). Quando completou seus vinte anos (pouco depois que ela havia completado vinte e quatro), era visível que os dois governavam juntos, em segredo; que ele (como exigia a tradição) apresentava como os próprios pronunciamentos, todo dia, aquilo que ambos haviam decidido na noite anterior, quando estavam a sós na cama.

Décadas se passaram. Tiveram um menino, uma menina e depois outro menino.

A vida deles, o reino deles, não eram privados de problemas. Dentre as questões havia roubos, disputas contratuais, processos referentes a limites de propriedade estabelecidos um século antes. A mulher do forjador de machados espancou o marido até a morte com um osso de cordeiro e, quando a polícia a levou, declarou que não queria macular um dos machados. No castelo, uma criada foi emprenhada por um pajem e (embora o rei e a rainha não fossem castigá-la) se afogou no poço. O cozinheiro sempre brigava com a governanta e, por quase trinta anos, os dois costumavam fazer um relatório semanal com os excessos e a indiferença um do outro.

Na família, a filha do meio, que não só herdara como duplicara a tendência da mãe à robustez, se jogou de uma janela aos doze anos de idade, mas (como a janela ficava no segundo andar) aterrissou completamente ilesa sobre uma moita de hortênsias e, tendo já cometido tal ato uma vez, parecia não sentir a necessidade de repeti-lo.

O terceiro filho, o caçula — sabendo que nunca seria rei — fugiu em seu aniversário de dezessete anos, mas voltou em menos de um ano, magro e esfarrapado, depois de tentar viver como bardo e trovador num reino vizinho e descobrir que seu limitado talento despertava pouca atenção. Decidiu então que podia aceitar viver como príncipe, compondo versos e cantando canções nos recitais ocasionais no palácio.

O filho mais velho era tranquilo, o que quase levantava suspeitas. Era robusto e confiável, seguro sem sinais de arrogância, mas sua mente não era das mais astutas e perspicazes, e para os pais era impossível não passar por períodos de dúvida quanto a sua capacidade de ser rei quando chegasse o dia.

Embora o rei e a rainha nunca tenham deixado de se preocupar com os filhos, o mais velho permaneceu leal e dedicado, assumindo um aspecto mais real quando chegou à casa dos vinte. O caçula se casou com uma princesa modesta, porém esperta, de um reino distante, e escrevia volumes com versos dedicados à mulher, que o achava um gênio, não reconhecido em sua própria era, mas que certamente seria vindicado pela história. Embora tenha recebido propostas, a filha não se casou.

Mas se tornou uma hábil arqueira, caçadora e velejadora, e tinha grande prazer em tudo o que fazia tão bem.

O casal não passou incólume a dores ou provações. Na fase mais avançada da meia-idade, o rei acreditou ter se apaixonado por uma duquesa ridícula, mas imperiosamente serena, lunar e etereamente pálida, e precisou de uma quinzena para descobrir que ela o inebriava, mas ao mesmo tempo o entediava. Logo após o episódio da duquesa, a rainha voltou a seu velho hábito de derrubar pajens e cavalariços sobre montes de feno e relvas isoladas, até que o ímpeto irremediável dos rapazes e as ideias de promoção que se faziam audíveis através de seus gemidos lascivos se tornaram mais humilhantes que satisfatórios.

O rei e a rainha voltaram um para o outro, magoados, aviltados e estranhamente entretidos por suas escapadas. Para surpresa mútua, descobriram que se amavam mais do que imaginavam por terem mostrado, já numa idade provecta, a capacidade que tinham de fazer o sangue um do outro ferver.

Às vezes, ela dizia para ele: *Estou me tornando esguia e astuta, estou aprendendo a chorar discretamente quando canta o rouxinol.*

Ele respondia a ela, ocasionalmente: *Montar em mim não a elevará. Tem certeza de que o esforço vale a pena?*

O que (para a surpresa dos dois) sempre os fazia sorrir.

No fim, décadas mais tarde, quando o rei estava prestes a morrer, a rainha sutilmente conduziu a todos para o corredor, fechou a porta da suíte real e deitou-se na cama com o marido. Começou a cantar para ele. Os dois caíram no riso. Ele mal tinha fôlego, mas ainda conseguia rir. Perguntaram um ao outro: *Não é uma bobeira? Não é... pretensioso?* Mas os dois sabiam que tudo que havia a ser dito já fora dito, vez após vez, ao longo dos anos. E assim o rei, aliviado, solto, livre para ser bobo, pediu que lhe cantasse uma canção de sua infância. Ele não precisava mais agir de modo suntuoso, não precisava parecer autoritário e respeitável, não com ela. Estavam, à própria maneira, morrendo juntos. E ambos sabiam disso. Não era algo que estava acontecendo somente a ele. E então ela se pôs a cantar. Compartilharam uma última risada — chegaram à conclusão de que um gato tinha uma voz melhor que a dela. Mesmo assim, cantando, ela o conduziu para fora deste mundo.

Quando a rainha estava prestes a morrer, anos mais tarde, havia vinte e três pessoas no quarto, além de três gatos e dois cachorros. Estavam lá os filhos dela, e também os filhos dos filhos, que por sua vez levaram seus filhos, junto a três das criadas da rainha, dois pajens (o mais velho e o mais novo, amantes de longa data, cujo segredo era mantido por todos), o cozinheiro e a governanta (que fizeram suas últimas reclamações apenas algumas semanas antes). Os cães e gatos estavam na cama com a rainha. De algum modo, as pessoas sabiam que deviam manter certa distância, exceto por Sophia, a criada mais velha, que umedecia a testa da rainha com um lenço.

O quarto não estava em silêncio nem mostrava qualquer reverência. Um dos bebês se exasperava. Um dos cachorros rosnava para um dos gatos. Mas a rainha, que àquela altura estava enorme, e pálida feito leite, olhava para todos os seres que a cercavam, humanos ou animais, com solene compaixão, como se fossem eles que estivessem morrendo.

Pouco antes de a rainha falecer, um dos netos disse a outro:

— Ela parece um planeta, não é?

E o outro respondeu:

— Não, ela parece uma velinha doente.

Os dois se sentiram satisfeitos com a prova da ignorância do outro. Enquanto a rainha se esvaía, pensaram nos próprios futuros promissores; um porque tinha o olhar e o coração de um poeta; o outro porque era insensível e sincero. Quando a avó morreu, os dois acreditavam que iriam longe no mundo.

No fim, ambos estavam certos.

* * *

Todos os filhos prosperaram depois que a rainha repousou. O filho mais velho, que, por insistência da mãe, passou a governar depois da morte do pai, continuou justo e benevolente, e o herdeiro do sexo masculino produzido com tanta rapidez por sua esposa parecia ser, já bem cedo, outro projeto de rei compassivo. O castelo não ruiu nem desabou. Cada maré trazia novos cardumes de peixes. Os filhos e as filhas dos carpinteiros faziam mesas e cadeiras ainda mais impressionantes que as que seus pais haviam produzido; os filhos e as filhas dos padeiros acordavam cedo todas as manhãs para fazer mais tortas e bolos, mais pães e muffins.

De um modo geral, a paz imperava, por mais que os roubos e as disputas contratuais tenham continuado; filhos e filhas ainda fugiam de vez em quando, ou perdiam a cabeça; a irritação, contida por muito tempo, ainda levava a assassinatos às vezes.

Ainda assim, havia opulência e beleza. Havia casamentos que duravam vidas inteiras. Havia festivais e funerais, artesãos e poetas. Inventores criavam mecanismos que geravam luz mais clara, que executavam os trabalhos mais terríveis sem lamentar, que capturavam e mantinham a música que há muito se acreditava existir apenas enquanto os músicos tocavam e os cantores cantavam. Na floresta, de tempos em tempos, as lebres e os faisões paravam, com o mesmo interesse surpreso, ao ouvir o som da música, e não sabiam e nem se importavam se a canção emanava de músicos vivos ou de músicos mortos há décadas. Na cidade, as crianças — todas nascidas muito depois que o rei e a rainha foram colocados lado a lado em seus túmulos — distinguiam, em meio à música e às gargalhadas que emanavam dos cafés, o som dos pais os chamando para casa. Algumas obedeciam de bom grado, outras resmungando. Mas todas voltavam para casa à noite.

Este livro foi composto na tipografia Minion Pro,
em corpo 11/16, e impresso em
papel offset na Gráfica Vozes.